L'ANNEAU,

PAR L. KRUSE,

TRADUCTION LIBRE

PAR MME ÉLISE VOÏART,

AUTEUR DE LA FEMME, OU LES SIX AMOURS.

« Wer sagt der mann wo die Graentz sei
« An der nature und geister welb sich trennen ?.... »

Die Albaneserine. MULLNER.

« Qui montrera à l'homme l'exacte limite où
« le monde des choses finit, où celui des esprits
« commence ?.... »

L'Albanaise, par MULLNER.

DELONGCHAMPS, LIBRAIRE-ÉDITEUR,

RUE HAUTEFEUILLE, N° 30.

PARIS. === 1832.

L'ANNEAU.

IMPRIMERIE DE PLASSAN ET COMP.,
rue de Vaugirard, n. 15.

L'ANNEAU,

PAR L. KRUSE;

TRADUCTION LIBRE

PAR Mme ÉLISE VOÏART,

AUTEUR DE LA FEMME, OU LES SIX AMOURS.

« Wer sagt der mann wo die Graentz sei
« An der nature und geister welb sich trennen?... »
Die Albaneserins. MULLNER.

« Qui montrera à l'homme l'exacte limite où le
« monde des choses finit, où celui des esprits
« commence ?... »
L'Albanaise, par MULLNER.

DELONGCHAMPS, LIBRAIRE-ÉDITEUR,
RUE HAUTEFEUILLE, N° 30.

PARIS. — 1832.

AVERTISSEMENT.

Les écrits de L. Kruse occupent un rang
distingué dans la littérature de sa patrie.
Sans appartenir exclusivement à l'école des
fatalistes, l'esprit rêveur et contemplatif de
cet auteur l'entraîne à traiter de préférence
les sujets sombres et terribles : ainsi, un
crime secret, un meurtre commis dans
l'ombre et qui se révèle au grand jour par
un enchaînement de circonstances, lesquelles,
peu importantes en elles-mêmes, semblent
disposées par la Providence pour attirer sur
une tête coupable le châtiment mérité; tels
sont les objets sur lesquels la fantaisie de
Kruse aime à s'exercer. Mais quelle que soit

l'idée fondamentale de ses compositions, l'habile *novelliste* sait avec beaucoup d'art en rehausser les tragiques effets par l'emploi de ce merveilleux traditionnel et de ces croyances superstitieuses que notre esprit trop éclairé rejette avec dédain, et qui pourtant à notre insu remuent si puissamment notre cœur. Ces moyens, tout vulgaires qu'ils paraissent, sont employés par Kruse d'une manière neuve, attachante et tout-à-fait *artiste;* ce talent d'exécution se trouve à un haut degré dans la *Danse des Morts,* le *Cœur noir,* et sur-tout dans la nouvelle intitulée l'*Anneau,* et dont nous avons fait choix pour donner à nos lecteurs une idée de ce que les Allemands appellent l'*école romantique.*

L'ANNEAU.

Sur la côte méridionale de la Norvége, au fond d'une anse longue, étroite, et où l'on ne pénètre qu'à travers des masses de rochers escarpés, est une petite ville, bâtie en bois, pauvre et de peu d'apparence, que de vertes prairies, ombragées d'antiques bouleaux, entourent, et qu'un rideau de sapins abrite du côté du nord. Vers la fin du siècle dernier, elle était encore moins considérable que de nos jours. A cette époque, quatre ou cinq maisons de commerce, si l'on peut donner ce nom à quelques marchands de bois et de résine, à peu près autant de boutiques d'épiceries, merceries, etc., le pasteur, le bourgmestre et quelques employés à l'octroi du port, formaient toute la bourgeoisie du lieu : le reste des habitants se composait

1

d'artisans, de pêcheurs et de matelots. Non-
seulement son commerce de bois et de con-
struction, un port sûr et commode, donnaient à ce petit bourg les avantages d'une
ville libre ; mais quand les tempêtes ou la
mauvaise saison forçaient les navires égarés
à chercher un abri dans la petite baie, le
port et la rue principale présentaient un aspect assez animé ; et les bons bourgeois
étaient tentés de regarder leur humble cité
comme le théâtre d'une vie aussi active qu'a-
gréable.

L'un des principaux membres de ce petit
cercle, ou plutôt de cette espèce de tribu,
car les familles les plus considérées étaient
unies entre elles par des liens de parenté autant que d'amitié, était le receveur du port.
Il se nommait Halfdan ; il avait passé la plus
grande partie de sa jeunesse en mer, et
joignait au caractère résolu, aux mœurs un
peu rudes d'un marin, toute la sévérité d'un
officier civil au service du roi. Aussi, apportant dans l'exercice de ses fonctions cette
inflexibilité de principes particulière aux militaires, il se faisait à la fois craindre et res-
pecter. Il en était de même dans l'intérieur

de sa maison, où, selon les anciennes mœurs,
les enfants n'approchaient qu'avec une tendresse craintive du chef de la famille, et celui-ci, grave, juste, mais sévère, n'en était
pourtant pas moins aimé.

Halfdan s'était marié tard; sa bonne et simple femme, qui n'était jamais sortie du cercle
étroit où elle avait pris naissance, était l'humble et fidèle servante de son mari, la mère
tendre et soigneuse de ses enfants. La famille
se composait, outre le père et la mère, d'un
jeune garçon, encore en bas âge, nommé Olof,
et de deux aimables filles. L'aînée de celles-
ci, fraîche et gracieuse enfant, se distinguait,
parmi ses compagnes du même âge, par un caractère franc, une humeur gaie, étourdie, et
par une précocité de beauté et d'agréments
qui n'étaient pas ordinaires aux filles de ces
contrées septentrionales. La plus jeune, dont
l'enfance avait été faible et maladive, était
d'une complexion non-seulement plus délicate que sa sœur, mais elle semblait presque
d'une autre nature.

Anne, c'était le nom de l'aînée, grande et
forte, aux joues colorées d'un rose vif, formait un parfait contraste avec la blanche, la

svelte Cordélia, dont l'air rêveur, le triste
sourire et les formes aériennes donnaient à
sa personne l'apparence d'un être qui n'appartient point à la terre.

Leur mère les aimait avec une égale tendresse ; toutefois, en partageant entre elles
ses caresses, on eût dit que son amour mater-
nel craignait de flétrir cette plante délicate
et née pour un autre ciel, et qu'elle n'osât se
livrer à ses plus doux épanchements. Halfdan
ne faisait nulle différence entre ses enfants;
dans l'intérieur de sa famille, et en de
rares et solennelles circonstances, il leur témoignait une égale affection : aussi la douce
et timide Cordélia paraissait-elle avoir pour
lui une tendresse plus prononcée que pour
sa mère, dont l'angoisse visible, quand elle
embrassait sa fille, semblait restreindre l'affection. La pauvre femme, simple et igno-
rante, nourrissait dans son cœur les préju-
gés superstitieux de son pays et, malgré les
reproches de son mari, elle ne pouvait s'empêcher d'ajouter foi à ses propres terreurs à
l'égard de sa fille, et aux sinistres prédictions
de la vieille Amborg, la prophétesse de la contrée.

C'était la veuve d'un pauvre pêcheur de la côte. Peu de temps après son mariage, Amborg avait perdu son mari; il s'était mis en mer malgré les avis de sa femme, qui avait déclaré ce jour funeste. En effet, une tempête soudaine s'étant élevée au large, sa barque chavira avant qu'il pût regagner le rivage, et sa jeune femme, qui était venue à sa rencontre, trouva son corps affreusement brisé contre les rochers qui bordent la côte.

Cet événement laissa des traces profondes dans l'esprit, d'ailleurs faible et superstitieux, de la veuve. Absorbée dans la pensée de son malheur, auquel avait présidé une sorte de fatalité, puisqu'elle l'avait pressenti, elle tomba dans une mélancolie mêlée de stupeur qui touchait presque à la folie, et qui ne fit que s'accroître avec les années. Dans cet état, elle s'occupait de divination, métier qui, sans beaucoup l'enrichir, la faisait bien venir partout, consulter quelquefois par les jeunes filles, et surtout craindre par ceux qui avaient une mauvaise conscience.

Quoiqu'il n'y eût rien de bien étrange dans l'extérieur et les manières de cette femme, elle inspirait généralement un intérêt mêlé de

terreur et de respect; on disait qu'elle était de
la race des anciennes Nornes de Norvége, que
l'on croyait fées, et bien des gens lui en prê-
taient la puissance imaginaire. De temps à
autre elle quittait la ville, et, entraînée par
son humeur vagabonde et rêveuse, elle errait sur le bord de la mer, parmi les âpres
rochers; elle parcourait la nuit, aux clartés
de la lune, les campagnes solitaires, ou la
sombre forêt qui s'étendait du côté du nord;
partout fuyant la vue des hommes et les lieux
habités. Elle semblait occupée d'étranges et
mystérieuses recherches. Au retour de ses
longues absences, elle répondait aux questions qu'on lui adressait sur leur motif, d'une
manière si vague et si incomplète, qu'elle con-
firmait encore l'opinion où l'on était de ses
rapports avec des êtres surnaturels.

La vieille Norne, comme on l'appelait,
aimait beaucoup les enfants, Anna était surtout sa favorite; toutefois, en attachant sur
les deux sœurs son regard fixe et rêveur, on
eût dit qu'elle craignait de se livrer à ses in-
spirations prophétiques, quoiqu'elle y fût
souvent comme entraînée presque à son insu; et alors les paroles obscures, les phrases

à demi formées qui lui échappaient, étaient
soigneusement recueillies et commentées par
la mère, tendre et superstitieuse.

Un jour, au retour de l'une de ses excur-
sions lointaines, la vieille Amborg rapporta
à Anna une petite bague formée d'un métal
mélangé, mais brillant et poli : c'était, lui
dit-elle, un anneau magique, *destiné à lui
porter bonheur.* Comme ce léger bijou était
trop large pour le doigt de la petite fille, Amborg le lui suspendit au cou par un cordon
de soie, en lui recommandant de le bien garder jusqu'à ce qu'elle pût le mettre à son
doigt. Ne le perds point ! dit-elle encore
d'un air mystérieux, car... il y a du bonheur
attaché à cet anneau...

—Et la pauvre Cordélia? demanda la mère
avec inquiétude, ne lui avez-vous rien apporté?.. La Norne garda un moment le silence, puis, secouant la tête d'une manière
énigmatique :—Non! dit-elle; il faut qu'on
la porte à l'église;..c'est là qu'est sa place...
Ah! que ne peut-on l'y laisser! le bonheur de
la terre n'est point fait pour elle...

En prononçant ces paroles, le regard de la
vieille Norne était devenu plus sombre.

—La croyez-vous donc dévouée à la mort?..
demanda la mère en frémissant.

—Eh! elle n'en vaut pas mieux, répondit
la Norne d'un ton farouche, car... je n'ai pas
encore vu une goutte de sang animer ses
joues, et le sang... c'est la vie...

Cette remarque arracha un soupir à la
pauvre mère. En effet, une pâleur extraordinaire couvrait habituellement le visage de
Cordélia, et rendait le sombre azur de ses
yeux plus remarquable encore.

Cependant les années, sans apporter un
grand changement dans toute sa personne,
la fortifièrent assez pour rassurer le cœur de
sa mère sur un danger immédiat, et sinon
pour détruire entièrement, au moins pour
atténuer les sombres prévisions de la vieille
Amborg.

Mais si la délicatesse de sa constitution re-
tardait en elle les progrès du temps et de la
jeunesse, il n'en était pas de même des facultés de son âme et de son esprit. Sans être
moins pensive, elle était aussi moins triste;
absorbée dans sa pensée, il résulta de cette
nouvelle manière d'être, une égalité dans son
humeur qui la rendait adorable; elle suppor-

tait maintenant avec patience les petits caprices de sa sœur, qui, toujours vive et tur-
bulente, ne se lassait point de courir, de
danser, et souvent entraînait la douce et paisible enfant dans des jeux peu en rapport
avec ses goûts et son caractère. Cordélia cé-
dait habituellement à toutes les idées d'Anna;
mais aussi quand une fois à son tour elle
voulait décidément une chose, sa volonté
devenait inébranlable, et ni les prières ni les
menaces n'avaient aucun pouvoir sur les résolutions de la jeune fille.

Le temps ne fit qu'accroître ces dispositions, et elles ajoutèrent même au mutuel
attachement des deux sœurs. On ne les voyait
jamais l'une sans l'autre, et, malgré les dif-
férences que la nature avait mises entre elles,
elles étaient inséparables. Anna, gaie, vive
et rieuse, semblait s'amuser de tout : la vie
était pour elle une fête continuelle; Cordélia, plus réservée que sa sœur dans l'expression de ses sentiments, était moins passionnée, mais plus tendre peut-être; la sérénité
d'un ange se peignait dans son regard, sur
son front noble et sévère, et le sourire de ses
lèvres délicates était triste et mêlé d'un peu

d'amertume ; aussi, quand sa mère, qui l'observait sans cesse, la voyait ainsi s'occuper avec insouciance de ces petits intérêts de la vie qui avaient tant de charme pour Anna, elle ne pouvait réprimer un douloureux soupir, et les paroles de la vieille Amborg revenaient involontairement effrayer sa pensée. D'autres remarques puériles, sans doute, mais qu'y a-t-il de puéril dans les inquiétudes d'une mère ? venaient encore fortifier ses craintes non apaisées. Le jour de naissance de chacun des membres de la famille était pour tous des jours de fêtes qui rompaient un peu l'uniformité de leur vie domestique. Halfdan, lui-même, attachait beaucoup de prix à ces petites solennités. La mère, ingénieuse à se tourmenter, avait remarqué plus d'une fois que la fête d'Anna était toujours favorisée par un temps magnifique, tandis que celle de Cordélia ne se passait point sans être accompagnée de pluies, de brouillards et de tempêtes : la véritable raison de cette différence, c'est que l'anniversaire d'Anna arrivait au milieu du court été de ces froides contrées, et que celui de Cordélia tombait au mois de mars, saison des tempêtes, et où les dernières fureurs de l'hiver luttent encore contre le souffle faible et sans pouvoir d'un printemps tardif et orageux; mais c'était ce à quoi la mère ne songeait point. Elle remarquait également que, dans tout ce qui demandait quelque chance pour le succès, le sort n'était jamais favorable à Cordélia : l'hiver, sur la neige, la distraite petite fille tendait-elle aux oiseaux des piéges amorcés de baies de genièvre, ou d'autres petits fruits, elle trouvait presque toujours ses filets détendus, l'appât enlevé par les hardis oiseaux, et aucun de pris ; quand sa sœur, qui avait été moins loin et s'était donné moins de peine, avait mieux réussi. Presque jamais les poissons ne mordaient à l'hameçon que leur jetait Cordélia, qui, préoccupée de ses pensées, et ne portant sans doute qu'une faible attention à la pêche, revenait chaque fois les mains vides, tandis que sa sœur, triomphante et joyeuse, apportait un plein seau de poissons à la maison.

Il n'en était pas de même pour les choses qui dépendaient du soin, de l'adresse et de la patience; c'était alors que le génie attentif de Cordélia l'emportait sur le bonheur de l'é-

tourdie Anna. Ainsi, dans toutes les opéra-
tions de ménage dont les chargeait leur mère,
dans leurs travaux à l'aiguille, dans l'arran-
gement de la maison, la part confiée à Cordélia
était faite avec lenteur, mais avec dextérité et
cette élégance heureux résultat de l'ordre et
du goût, qui lui étaient naturels.

Témoins de petites discussions que cette
différente manière d'être amenait quelquefois entre les deux sœurs, la vieille Amborg
secouait la tête d'un air pensif, et parfois,
soit que ces remarques eussent modifié le
cours de ses idées premières, soit qu'elle ait
voulu atténuer l'espèce de bonne fortune
qu'elle avait procuré à Anna par le don de
la bague, et par là rétablir entre elles un peu
d'égalité, parfois, au retour de ses promena-
des solitaires, en apportant aux jeunes filles
de fraises ou des mûres, elle ajoutait à la
portion de Cordélia un bouquet de fleurs
sauvages, en disant, comme par manière
d'excuse, que l'heureuse Anna ne savait pas
soigner des fleurs, tandis que la pauvre Cordélia, à force d'attention et de soins, les
conserverait jusqu'à ce qu'elles fussent toutes
flétries.

Anna avait atteint sa quatorzième année,
et Cordélia, qu'on appelait toujours *la petite*,
en avait treize , quand un événement vint
jeter un peu de mouvement dans l'intérieur
de cette paisible demeure et varier la vie assez
monotone de ses habitants.

Un bâtiment français servant au commerce fut forcé par les vents contraires de
chercher un abri dans la baie. Le capitaine,
qui se nommait Caudry, mit à profit cette
circonstance pour renouveler sa provision
d'eau et faire reposer son équipage, harassé
des fatigues de la mer. Un autre motif lui
faisait souhaiter de trouver un accueil favorable dans ce port étranger. Il avait avec lui
son fils unique, beau garçon de quinze ans,
qui, en exécutant une manœuvre, était tombé sur le pont du navire et s'était grièvement
blessé au genou ; l'air de la mer, et peut être
aussi le traitement peu convenable que lui
faisait suivre son père, rendaient la guérison
du jeune homme lente et difficile, et même
depuis quelques jours le mal s'était fort em-
piré.

Quand le capitaine se présenta au receveur
de l'octroi pour payer les droits d'entrée de

son bâtiment, il fut agréablement surpris de retrouver dans Halfdan un ancien camarade, et un ami ; et comme jadis, dans ses voyages, le receveur avait trouvé chez les parents du capitaine la plus franche hospitalité, il s'empressa d'offrir à Caudry sa maison et tous les soins de sa famille, pour son fils malade.

L'offre fut acceptée avec reconnaissance ; on transporta le jeune blessé dans la demeure du receveur ; on appela un médecin habile, qui, par hasard, se trouvait en ce moment dans la ville ; il résulta de l'examen que ce dernier fit de l'état du blessé, que le mal avait atteint un tel degré d'inflammation, qu'on ne pouvait assigner l'époque où le jeune homme pourrait remonter à bord. Le docteur ajouta que la gravité de la blessure demandait de tels soins, qu'il ne répondait point que la plaie ne se rouvrît si le malade était exposé de nouveau à l'air de la mer avant une entière et complète guérison.

Cette décision embarrassa fort le capitaine Caudry. Les intérêts dont il était chargé ne lui permettaient point de s'arrêter long-temps dans ces parages, et pourtant l'état de son fils

l'inquiétait assez pour le faire balancer. Le receveur leva toutes les difficultés, en proposant
à son ami de garder Julien, c'était le nom
du jeune homme, non-seulement jusqu'à sa
parfaite guérison, mais encore jusqu'au voyage
que le capitaine devait faire dans cette contrée
l'année suivante, à pareille époque. Touché
d'une proposition aussi amicale, le capitaine
se décida à laisser son fils aux soins de cette
famille hospitalière. Il fut convenu que Julien
passerait un an chez le receveur, où il tâche-
rait de se rendre utile aussitôt que sa guérison
le lui permettrait : de son côté, Halfdan s'engagea à le traiter comme son propre enfant,
et le capitaine, rassuré sur d'aussi chers intérêts, mit à la voile peu de jours après.

De tous temps on a remarqué que dans le
Nord il régnait une liberté, une sorte de familiarité entre les jeunes gens des deux sexes
plus grande que dans aucune contrée de
l'Europe. Dans ces froides régions, la vie active des vieillards, l'imagination pure et tranquille des jeunes gens, les mœurs irréprocha-
bles de tous, rendent cette fréquentation
innocente et sans danger.

Aussi, dans la petite ville théâtre de cette

histoire, les mères de familles voyaient sans
inquiétude leurs filles se promener avec les
fils de leurs voisins ; rire, folâtrer, danser avec
eux aux jours de fêtes ; les jeunes filles se li-
vraient innocemment à ces douces relations
d'amitié, d'enfance et de voisinage, sans craindre ni prévoir un mal qu'elles ignoraient, et
qui pour elles en effet n'existait pas. Les
jeunes gens, d'une nature un peu rude, un
peu sauvage, recevaient, dans l'intimité des
femmes, une sorte d'éducation, et, sans le savoir, devenaient plus aimables et plus doux :
aussi, quand il résultait de ces habitudes presque fraternelles une liaison plus intime entre
un jeune homme et une jeune fille, on ne regardait point cet événement comme un malheur, car les passions froides, telles que l'am-
bition ou l'intérêt, qui, ailleurs, troublent si
cruellement les jeunes amours, n'avaient
guère occasion de s'exercer parmi les simples
habitants de la petite ville ; et l'on croyait généralement que tout commerce d'amour,
après quelque temps de badinage, de timidité et de mystère, pouvait très-bien conduire à un bon et honnête mariage. C'est
pourquoi la femme du receveur, loin de con-

cevoir aucune inquiétude à l'occasion du séjour de l'aimable jeune homme, admis dans
la famille, engagea ses deux filles à le traiter
avec amité, et à tout faire pour lui rendre
agréable le temps qu'il devait passer parmi
eux. Au reste, pensaient les parents, c'était
une bonne occasion d'apprendre le français
sans frais, et le receveur insista pour que ses
filles s'appliquassent à l'étude de cette langue.
Toutefois, ce désir ne parut pas devoir se réa-
liser; car, non-seulement les jeunes gens, qui
rivalisaient entre eux de soins et de préve-
nances, s'entendirent très-bien en très-peu
de temps, à l'aide du geste et du regard; mais
le jeune Français apprit le rude langage que
parlaient les jeunes filles, avec une telle rapidité, qu'il épargnait à ses compagnes la
peine d'apprendre le sien; quoique souvent
celles-ci ne pussent s'empêcher de rire aux
éclats quand Julien, dans son impatience et
frappant du pied, cherchait à se rappeler un
mot, une expression oubliée, que son accent
comique et sa vivacité française rendaient quelquefois inintelligibles. Au reste, ces plaisanteries étaient réciproques; tous s'y habituèrent.
Seulement, Anna, trop vive ou trop rieuse,

2

déclara qu'elle n'apprendrait pas un mot de ce
détestable langage ; et que, bien que son jeune
maître fût aussi patient que zélé, elle aimait
beaucoup mieux jouer avec lui que d'écouter
ses leçons. Cordélia, au contraire, que toute
étude sérieuse intéressait, s'appliquait à celle
du français avec cette persévérance qu'elle
mettait à toute chose ; elle cherchait à saisir
le sens des mots, leur accent, leur valeur.
Et peut-être eût-elle bientôt possédé cette
langue, si elle eût eu un instituteur plus attentif. Mais le jeune et beau Julien, qu'un
ciel méridional avait mûri de bonne heure,
se sentait doucement attiré par l'humeur
joyeuse de la fraîche et brillante Anna, et
ne faisait que peu d'attention à la grave et silencieuse *petite fille,* que sa faiblesse et sa timidité retenaient souvent loin de leurs jeux.
Le petit Olof, alors âgé de six ans, robuste
et sauvage comme les rochers au milieu desquels il était né, s'attachait encore plus vivement que ses sœurs à leur frère d'adoption ;
et aussitôt que ce dernier fut rétabli, il devint
son compagnon inséparable. Il gravit à son
exemple les hauteurs les plus escarpées, et
même il osa, avec lui, affronter les flots de la

mer, pour aller pêcher au loin sur les côtes.
Ce fut ainsi que se passa l'été, l'hiver et une
partie du printemps suivant. Vers cette époque, une lettre du père de Julien rappela aux
jeunes gens que l'heure de la séparation était
arrivée. Le capitaine ordonnait à son fils de
se rendre par terre, et dans un temps prescrit, à un port éloigné d'environ dix lieues,
et que là se trouverait un bâtiment qui le ra-
mènerait en Hollande, où son père l'attendait.

Dans cette circonstance, les tendres sentiments de la famille prirent en quelque sorte
un nouvel accroissement ; il semblait que
chacun perdît dans Julien un fils, un frère
chéri; tandis que le jeune étranger éprouvait
lui-même toute la douleur qu'on ressent lorsqu'on va quitter pour jamais le doux pays de
sa naissance. La mère et les enfants versaient
d'abondantes larmes ; Julien , les yeux en
pleurs et le cœur oppressé , cherchait à les
consoler.

Je reviendrai, disait-il, en prenant la main
d'Anna, je ne pourrais me séparer ainsi de ma
petite fiancée , si je n'avais pas l'espoir de la
revoir un jour!

— Bien vrai?... demanda vivement Anna,

avec un doux sourire, mais sans attacher beaucoup d'importance à ce titre de *fiancée*, qu'elle
était habituée à s'entendre donner familière-
ment par le jeune homme.

— Bien vrai! répéta Julien avec plus d'assurance; je ne serai jamais ingrat, et je ne
puis oublier que je laisse ici une famille
chérie.

— Oh! ne l'oublie jamais, dirent à la fois
les deux sœurs, avec attendrissement; en at-
tendant ton retour, nous penserons à toi,
nous prierons Dieu pour que tu sois heureux!...

— Julien est un homme, dit alors Halfdan, qui ne voyait pas sans regret s'éloigner
le fils de son ami; il a une belle carrière
à suivre, des devoirs à remplir, n'affaiblis-
sez pas son courage par des adieux trop
prolongés... L'air de la mer séchera ses larmes....

— Et puis il va retrouver son père! reprenait la tendre mère, qui cherchait dans un
doux sentiment une consolation pour son
favori.

Le moment des adieux fut douloureux,
quel que fût le courage et la résignation de

part et d'autre. Cependant, comme on se répétait des paroles d'espérance, cette douleur
s'apaisa peu à peu.

Il y avait pourtant deux cœurs moins courageux que les autres, c'étaient ceux du petit Olof et de Cordélia. L'ami de Julien ne
pouvait se consoler, et la douce et patiente
jeune fille, qui, elle-même, versait sur cette
perte de secrètes larmes, faisait tout au monde
pour calmer le chagrin de son frère ; elle le
conduisait dans les lieux où il s'était tant de
fois promené avec Julien ; elle lui parlait, elle
le flattait d'un prompt retour, et pour distraire
l'enfant de l'objet de ses regrets, elle s'en occupait sans cesse.

Le lendemain du départ de Julien, Anna,
malgré sa légèreté et l'insouciance de son
caractère, avait paru triste et rêveuse. Le
petit mot de *fiancée* l'occupait. « Les let-
» tres qui formaient ce mot étaient comme
» autant d'étoiles brillantes dont la vive lu-
» mière jetait un doux éclat sur les premières
» et obscures espérances de la jeune fille. »

Le matin même elle s'était dirigée toute
pensive vers un rocher peu éloigné de la maison, sur la cîme duquel sa sœur et elle se

plaisaient souvent à voir les bâtiments entrer
dans le port, ou les voiles lointaines traverser
l'horizon comme de mouvants et légers nuages. Anna voulait saluer d'un dernier regard,
d'un dernier adieu, l'ami qui s'éloignait ; mais
quand elle y fut parvenue, elle songea tout
à coup que Julien avait pris la route de terre,
ce qui était rare dans cette contrée, dont la
mer était en quelque sorte le grand chemin.
Cette pensée lui fut très-amère; il lui sembla alors qu'en perdant sa trace, elle avait
perdu tout espoir de le revoir, et elle fondit
en larmes. En revenant à la maison elle se
jeta au cou de sa sœur, éplorée elle-même,
car le même regret déchirait leurs cœurs, la
même perte faisait couler leurs larmes.

Cependant, comme nous l'avons dit, au
bout de quelques semaines ces cœurs si tendres se calmèrent ; et si la douce gaîté que
le séjour de Julien avait introduite dans la petite et silencieuse maison ne se retrouva point,
le souvenir de l'aimable jeune homme et l'espérance de le revoir en écarta l'ennui ; peu
à peu les larmes se séchèrent, le nom de Julien revint aussi moins fréquemment dans la
conversation, mais personne ne l'oublia.

Trois ans se passèrent, et aucun événement important ne ralentit ni ne pressa la
roue du destin monotone de la paisible famille. Cependant, quelques changements
s'étant opérés dans l'une des jeunes filles, le
cœur de la pauvre mère commença à être
délivré des angoisses qui l'avaient si long-
temps oppressé. La santé de Cordélia, alors
âgée de seize ans, s'était singulièrement for-
tifiée dans ces deux dernières années. Toutefois son extérieur seul avait subi quelques
changements ; son caractère, le calme de son
âme étaient toujours le même : douce, timide,
réservée, on ne l'entendait jamais rire aux
éclats dans la société de ses compagnes et
des jeunes gens de son âge ; elle ne dépassait
jamais les bornes que sa sœur, gaie et folâtre, franchissait souvent sans les apercevoir.
Cordélia avait grandi, sa taille était maintenant pleine d'élégance, de souplesse et de
grâce ; sa touchante physionomie ne s'em-
bellissait point, il est vrai, des riches couleurs qui brillaient sur les joues d'Anna, car
le seul incarnat destiné par la nature à parer
le visage d'une jeune fille semblait s'être réfu-
gié sur ses lèvres arrondies, dont le coloris

rehaussait encore la blancheur naturelle de son teint. Chacune de ses joues ressemblait à la coupe faiblement colorée d'une rose blanche. Mais la vivacité de son regard, la légèreté de ses mouvements et l'égalité parfaite de son humeur étaient autant de garanties suffisantes pour calmer les inquiétudes de ses parents : aussi sa mère la regardait avec joie, et souvent avec un secret orgueil.

—Vous le voyez, ma pauvre Amborg, dit-elle un jour à la vieille femme, qui continuait à venir de temps à autre à la maison, cette fois vos tristes pronostics sont trompeurs; regardez notre Cordélia : croyez encore que le *bonheur de la terre ne soit pas fait pour elle ?*

La vieille Norne secoua la tête, selon sa coutume, et dit, en regardant fixement devant elle, d'un air pensif :—Je ne sais comment le destin des deux sœurs est arrangé... Dieu, au reste, y pourvoira... Toutes deux seront fiancées d'ici à quelque temps. Mais remarquez bien... une seule restera sur terre... L'esprit, dit-elle, en élevant un doigt mystérieux, ne m'a jamais trompée... Je cultive dans mon jardin des fleurs de mort

et des fleurs de mariage... Nous verrons celles
qu'il me faudra cueillir... Mais chut ! taisons-
nous ! si la bouche est innocente, les paroles
sont nuisibles. Ce discours, prononcé avec
le ton un peu emphatique familier à la vieille
femme, mais rendu plus expressif encore
par l'accent plein de tristesse qui l'accompagnait, frappa douloureusement la mère :
elle voulut gronder la vieille Norne et lui
faire rétracter ses sinistres prédictions ; mais
Amborg, intimidée, se retira en silence,
et en s'éloignant lui jeta un long et prophétique regard, qui fit expirer la parole sur ses
lèvres.

Vers ce temps arriva une lettre de Julien ;
il annonçait son retour. « Il lui tardait, disait-il, de revoir sa petite fiancée. » Tout le
monde rit de l'expression franche et vive du
jeune Français ; mais pour la première fois
Anna rougit, et un trouble secret s'éleva dans
son cœur ; la seule Cordélia s'en aperçut. — Sa
fiancée ? dit-elle tout bas à l'oreille d'Anna ;
a-t-il donc le droit de te nommer ainsi ?...
Anna embrassa vivement sa sœur, mais elle
garda le silence.

Lors de son départ, Julien n'avait paru

faire qu'une plaisanterie, et rien n'avait donné
l'idée qu'il eût jamais le projet sérieux de la
choisir pour femme; mais cette fois le mot
de fiancée écrit sembla bien plus significatif
à la jeune fille, et dès ce moment elle se livra à de nouvelles espérances.

Il n'en fut pas de même de Cordélia; ce
mot de fiancée et la joie d'Anna lui causèrent
une émotion étrange, douloureuse, et qu'elle
ne songea pas même à s'expliquer. Elle fut
triste sans savoir pourquoi; rêveuse, sans
qu'aucune idée nouvelle occupât sa pensée :
elle sentait seulement qu'elle souffrait dans
la partie la plus intime de son âme; et tout
en ignorant son mal, elle sentait confusé-
ment qu'elle n'en pourrait guérir.

Cette année, le printemps s'annonça plutôt que de coutume; sa puissante influence
rompit les glaces qui tenaient la mer cap-
tive; la vie et le mouvement reparurent sur
ces côtes, que l'hiver avait rendues si long-
temps désertes et silencieuses. — Viens, dit
Anna à sa sœur, un jour qu'un soleil brillant éclairait la contrée, je veux gravir avec
toi le rocher d'où l'on aperçoit la pleine mer;
c'est aujourd'hui ton jour de naissance, Cor-

délia; jamais le soleil n'a brillé d'un éclat plus vif, c'est un bon présage. Peut-être de là-haut verrons-nous une voile... Un doux espoir lui dictait ces paroles.

Cordélia la suivit avec joie; lorsqu'elles furent parvenues sur la cîme du rocher qui formait un promontoire avancé dans la mer, Anna jeta les yeux de tous côtés, dans l'espérance d'apercevoir une voile à l'horizon; mais la mer était calme, unie comme une glace, et rien n'interrompait son imposante uniformité. Voyons! dit-elle en souriant, je veux faire une épreuve, et voir si l'anneau magique a quelque pouvoir; elle tira de son doigt l'anneau que la vieille Amborg lui avait donné dans son enfance. Depuis long-temps elle le portait ainsi; et, le plaçant devant son œil comme une lorgnette, elle regarda au travers. Nous allons voir, dit-elle, si la vieille mérite réellement son nom... Mais son attente fut vaine : elle n'aperçut au loin que le bleu de la mer confondu à l'horizon avec celui du ciel... Et pourtant elle ne pouvait se lasser de regarder à travers l'anneau réputé magique, qui, dès la première fois qu'elle

le consultait, satisfaisait si peu son impatiente curiosité.

Cordélia, à qui sa sœur préoccupée ne répondait que par monosyllabes, s'éloigna
d'elle, et, loin que ses yeux suivissent la direction de ceux d'Anna, ils erraient çà et là
devant elle, et s'arrêtaient avec une sorte
d'intérêt sur les petites mousses et les jeunes
plantes qui, bravant le froid prolongé de ces
rudes contrées, commençaient à poindre entre les rochers; tout à coup elle sourit, se
baisse vers la terre, et, se retournant vivement vers sa sœur : — Anna! lui cria-t-elle,
tandis que tu te fatigues les yeux à regarder
ainsi dans le vague, j'ai trouvé ici, à mes
pieds, un charmant signal d'amour; regarde! la première violette... digne présent
de mon beau jour de naissance!...

—Ah, pour moi! dit Anna en étendant la
main, afin de saisir la fleur printanière.

— Non, ma sœur, elle est à moi. Je la
garde.

— Je t'en prie, donne-la moi! je la veux...

— Eh bien, elle est à toi si tu peux la
prendre! dit Cordélia en riant. Et les deux

aimables filles coururent en se jouant l'une après l'autre. Cordélia, plus adroite et plus légère, échappa plus d'une fois à sa sœur : celle-ci faisait tous ses efforts pour l'atteindre ; enfin elle y réussit, et Cordélia lui offrit même l'occasion de s'emparer de la fleur, quand tout à coup Anna s'écria d'une voix presque plaintive : — O Dieu ! qu'as-tu fait, tu l'as brisée, la fleur délicate et chérie !

— C'est toi même, répondit Cordélia ; pourquoi me l'as-tu arrachée si violemment?

— Dieu ! s'écria tout à coup Anna en pâlissant, et ma bague ?..

Le désir de s'emparer de la fleur la lui avait fait oublier un moment ; et, dans sa lutte avec sa sœur, l'anneau qu'elle n'avait pas pris le temps de remettre à son doigt, avait glissé de sa main, il était perdu... Cet événement parut consterner Anna. Pour comble de malheur, le ciel venait de se couvrir de nuages ; un brouillard épais monta de la mer et enveloppa la colline et les deux jeunes filles. Un vent froid et piquant, commençant à souffler, pénétrait leurs légers habits ; enfin, après avoir vainement cherché autour d'elles, Cordélia dit à sa sœur : Viens,

Anna, nous avons eu chaud, nous sommes peu vêtues : courons vers la maison, de peur de nous.refroidir.

—Cours, si tu veux, répondit Anna d'un air sombre, pour moi, je ne quitterai cette place que lorsque j'aurai retrouvé mon anneau...

—A quoi penses-tu? reprit vivement Cordélia, et comment peux-tu espérer de le trouver par ce brouillard? Viens, chère Anna! laisse-là cet enfantillage. En disant ces mots, elle l'entraînait vers le sentier qui conduisait à la maison; mais tout à coup Anna se dégagea de ses bras, et s'écria d'un ton résolu : Laisse-moi, Cordélia! cours à la maison! je suis plus robuste que toi. Va! le tourment que me cause la perte de cette bague me serait plus nuisible qu'un peu de refroidissement; tu ne le supporterais pas, toi :... tu es déjà pâle comme la mort. Cours, cours; je reviendrai bientôt!...

Cordélia se sentait en effet à demi glacée; elle se mit à courir en descendant la colline, et arriva à la maison un peu réchauffée.

Elle avait déjà ôté ses habits mouillés du vent humide de la mer; depuis assez long-

temps elle était dans la cuisine, à aider sa
mère, qui, selon l'usage établi dans la famille,
faisait quelques apprêts pour la solennité de
ce jour, quand, ne voyant point revenir Anna, la tendre Cordélia, le cœur plein d'une
secrète et vive inquiétude, prit, sans rien dire
à sa mère, un prétexte plausible pour sortir,
et courut au devant de sa sœur. A peu de distance de la maison elle rencontra Anna, pâle,
mourant de froid, pouvant à peine se soutenir, et tremblant de tous ses membres. La
jeune fille avait passé deux heures sur le rocher, exposée à la tourmente et aux torrents
de la pluie mêlée de neige, qui avait succédé
au brouillard. Ma sœur! dit Anna d'une voix
faible et à peine intelligible, mon bonheur
est perdu sans retour!.. Je n'ai point retrouvé
la bague!..

L'effroi fit expirer la parole sur les lèvres
de Cordélia. Anna, épuisée de fatigue et de
douleur, s'appuya sur son épaule, et la faible et délicate jeune fille fut obligée de la porter
presque jusqu'à la maison; elle la conduisit
dans sa chambre, la débarrassa avec peine
de ses vêtements, tant ses membres étaient
raidis, la mit au lit; et, après l'avoir enve-

loppée dans de chaudes couvertures, elle
alla avertir sa mère de ce qui était arrivé. A
cette nouvelle, la pauvre mère se sentit frappée d'un effroi extraordinaire. Elle courut
dans la chambre de sa fille, qu'elle trouva
dans le délire d'une fièvre ardente. A la prière
de Cordélia, la fête fut remise ; on envoya
chercher le médecin, on consulta toutes les
recettes de famille, tous les soins furent prodigués à la malade; soins superflus, au bout
de cinq jours, la fraîche et brillante Anna
était dans le cercueil.

L'affliction de Cordélia fut inexprimable ;
au milieu de sa douleur, une idée funeste
vint frapper son esprit ; elle avait causé la
mort de sa sœur !... et quoiqu'elle n'eût à
se reprocher qu'un jeu folâtre, la fatalité qui
marquait chacun de ses jours de naissance
lui parut avoir un rapport secret avec le destin de sa sœur. La mère était inconsolable.
Halfdan seul, quoique profondément affligé,
cherchait, comme tous les caratères forts, à
se soustraire à son chagrin par un redou-
blement d'activité. Ses manières, plus impé-
rieuses que jamais, contraignirent sa femme
et ses enfants, sinon à dompter leur douleur,

au moins à la distraire , en s'imposant un
surcroît d'occupation. Il décida que les funérailles de sa fille bien aimée seraient célébrées, selon les anciens usages du pays, par
un festin mortuaire et tout le cérémonial
usité en pareille circonstance.

On disposa à cet effet la plus grande salle
du rez-de-chaussée pour recevoir le cercueil;
on en ôta les meubles ; on blanchit les murs ;
aux angles et sur chaque face on fixa de jeunes
sapins réunis l'un à l'autre par des guirlandes d'un vert plus sombre ; le sol fut couvert d'un sable très-fin , parsemé de tiges de
pin effeuillées. Au milieu, et élevé sur quelques marches recouvertes de tapis noirs, on
plaça le cercueil, doublé de soie couleur de
safran , dans lequel les restes de la jeune
fille si tôt enlevée à la vie, à l'amour, au bonheur, furent déposés sur des coussins blancs
tout pénétrés de parfums , et entourés des
plus fines toiles de lin que l'on eût pu se procurer. La jeune vierge était vêtue comme une
mariée, mais sans qu'aucun ornement d'or
ou d'argent rehaussât sa parure; une longue
robe de fine mousseline , et dont l'ampleur
recouvrait les bords du cercueil, voilait ses

formes, belles et gracieuses encore , malgré
la mort ; des rubans d'un rose pâle ornaient
ses bras et son sein ; une large ceinture de
soie de même couleur , dont les deux bouts
flottants portaient son chiffre brodé en soie
noire, entourait sa taille ; ses cheveux noirs
formaient de grosses boucles autour de son
front éclatant de blancheur , et semblaient
attendre la couronne nuptiale que , selon
l'usage , ils devaient porter , même dans
le tombeau ; de hauts guéridons portant
des girandoles chargées de bougies jaunes ,
s'élevaient aux quatre coins du catafalque ,
et leurs flambeaux funèbres étaient entrete-
nus nuit et jour, car le corps de la charmante fille devait rester dans cet état, et exposé à la vue de ses amis et de ses proches,
jusqu'au moment des funérailles.

Pendant la courte maladie d'Anna, et même depuis que la famille éplorée s'occupait
à lui rendre les derniers devoirs, la vieille
Amborg ne s'était pas montrée. Mais un matin du septième jour (la fête funéraire devait
avoir lieu le soir), elle se présenta toute timide et interdite à la porte de la maison de
deuil , et sans parler à aucun de ceux qui

s'employaient pour la triste cérémonie, elle demeura, selon sa coutume, silencieuse et craintive, les deux mains cachées sous son tablier, et appuyée auprès de la porte de la cuisine.

— Je voudrais parler à la demoiselle ! répondait-elle à la question que chacun lui faisait en passant.

Enfin Cordélia parut ; elle était vêtue de deuil, et elle tenait par la main son jeune frère, âgé alors de dix ans ; ceux qui se trouvaient là lui firent remarquer la vieille femme. Cordélia se tourna alors vers elle, et Amborg répéta : — Je voudrais parler à mademoiselle !... mais seule, ajouta-t-elle plus bas. Cordélia se disposait à passer dans la salle à manger ; elle fit signe à la vieille femme de la suivre, et tous trois entrèrent dans la salle.

—Eh bien, dit-elle alors à la pauvre femme, que nous apportes-tu, ma bonne Amborg? Et ses yeux se remplirent de larmes, car elle n'avait point vu la vieille depuis son malheur.

—Des fleurs de mon jardin, répondit Amborg, vous savez? la couronne de mort et la

couronne de mariage.... En disant cela elle
tira de dessous son tablier deux couronnes,
chacune soigneusement enveloppée avec un
des coins du tablier, et les présenta à la jeune
fille.

— A quoi penses-tu? demanda Cordélia
avec surprise; qu'est-ce que cela signifie? à
quoi bon deux couronnes?...

— Eh mais! une pour toi et une pour celle
qui dort là-bas, reprit la Norne avec ce triste
sourire d'un insensé, auquel elle s'efforçait de
donner quelque chose de significatif et de mystérieux, tandis que son geste indiquait la chambre funéraire... Les romarins pour la morte,
le myrte en fleurs pour la vivante. Je n'avais
pas de temps à perdre.... car, vois-tu?... sa
mort fait de toi une fiancée....

— Insensée! balbutia Cordélia avec douleur, quel jour prends-tu pour nous débiter
tes rêveries! Ses larmes ruisselaient sur ses
joues; elle fit le mouvement de réunir les
deux couronnes dans la même main, afin de
s'essuyer les yeux.

— Prends garde! s'écria la mystérieuse
femme avec un accent plein d'effroi et en arrêtant le mouvement de ses deux mains; elle

saisit promptement la couronne de myrte et
la jeta assez loin de là sur la table. Dieu
préserve que ces deux couronnes se tou-
chent, continua-t-elle, de peur que la tristesse ou la mort ne se mêlent à tes noces !
Malheur , malheur à toi si elles se tou-
chaient !... Heureusement que j'ai été assez
prompte pour l'empêcher... Maintenant va,
ma fille , va parer ta sœur bien aimée de ces
tristes fleurs ; mais, aie bien soin de te laver
les mains avant que de toucher celle-ci, con-
serve-la avec soin ; mets-la dans une assiette
avec de l'eau fraîche, car tu en auras besoin
avant que ses feuilles se flétrissent... Je sais ce
que je sais, et ce que j'ai vu...

— Comment ! et qu'as-tu vu ?.. demanda
involontairement la jeune fille interdite.

—Oui, ajouta Amborg avec un air d'égarement, j'ai vu un convoi sortir par la porte
de devant, et une noce entrer par celle de
derrière... Je ne suis pas venue ici depuis
long-temps... N'osant annoncer le malheur ,
je ne pouvais annoncer la joie... Aujour-
d'hui c'est différent... Va, mon enfant, va
prier ta bien-heureuse sœur... Je n'y entre

pas, moi, car je ne vois pas volontiers les
morts deux fois...

Ces paroles, prononcées avec l'accent impérieux et prophétique familier à la vieille femme, causèrent à Cordélia une secrète terreur
qui lui ôta toute réflexion; elle obéit presque
machinalement à l'ordre de la prophétesse,
et sans se retourner, sans penser à son frère,
les yeux fixés sur la couronne de romarin,
avec ses feuilles et ses fleurs couleur de cen-
dre, elle sortit de la salle toute absorbée, et
s'avança vers le lieu où était déposée la bierre,
autour de laquelle une foule de femmes s'em-
pressaient pour voir encore une fois ce visage
que la mort semblait avoir respecté.

Comme elle allait ouvrir la porte, son frère
en sortit; il frappa dans ses mains avec une
joie enfantine; il courut vers sa sœur, l'attira
vers lui, et lui dit à demi-voix : Tu viens trop
tard, Cordélia; j'ai été le premier! j'ai paré
Anna de ta couronne... La porte s'ouvrit
dans ce moment, Cordélia s'avança sur le
seuil, et, jetant les yeux dans l'intérieur de
la salle, vit en effet sur les cheveux bouclés
de sa sœur, la couronne de myrte que le

jeune Olof avait prise sur la table sans qu'elle
s'en fût aperçue ; les femmes qui entouraient
le cercueil, attendries à la vue du bel enfant,
qui, ainsi qu'un ange de paix, semblait dé-
corer une fiancée du ciel, l'avaient laissé remplir ce devoir doux et pieux ; mais un léger
frisson parcourut les membres de Cordélia,
quand elle vit sur le front de la mort la couronne de vie et d'amour qui lui était destinée,
tandis que les rameaux de romarin, symboles
de tristesse et de deuil, restaient inoccupés
dans ses mains, et semblaient, par ce fatal
échange, avoir trouvé leur véritable place.
A l'insu de tout le monde, elle cacha son funèbre ornement dans les plis de sa robe, sortit, et se glissa comme à la dérobée vers la
petite chambre maintenant si triste et si solitaire, et là, le cœur navré, elle plaça la fatale
couronne sous ses vêtements de fête ; et, agitée d'un sombre pressentiment, elle dit en
fermant l'armoire : — Oui, il faut que je la
garde !.. car elle me servira bientôt.

Depuis ce moment, incapable de maîtriser
ses noires pensées, elle ne se fatigua plus à
leur opposer d'autre résistance que celle des
distractions forcées, que lui donnaient les

soins dont elle était chargée; elle se livra
comme machinalement à tout ce que ces soins
demandaient d'elle. Elle écoutait en silence,
en souriant avec tristesse, mais presque sans
le comprendre tout ce que lui adressaient de
tendre ou de consolant les voisins et les amis
qui l'entouraient, jusqu'à ce qu'enfin vers le
soir la chambre funéraire, ayant été illumi-
née, commença à se remplir de la foule de
femmes et des enfants de la petite ville, em-
pressés de saluer encore une fois la jeune fille
bien-aimée, dont la mort prématurée faisait
couler tant de pleurs. Alors, pressée par sa
mère, la triste Cordélia se rendit dans le salon de compagnie, où les convives invités au
festin funèbre s'étaient réunis; mais le tumulte presque joyeux de toutes ces voix, le
bruit des assiettes, le choc des verres, lui devint bientôt insupportable; elle s'échappa de
nouveau, s'enfuit dans sa petite chambre, où,
versant par torrents des larmes si long-temps
retenues, elle s'abandonna à toute la violence
de sa douleur. Son absence causait un surcroît d'embarras à sa mère, obligée de veiller
à tout et de s'occuper à prévenir les besoins de
ses convives. Malgré sa propre douleur, la

tendre mère, prenant en pitié celle de sa fille, tâchait de faire oublier son absence, et elle y réussit d'autant plus facilement, que le receveur, depuis quelques moments, avait été appelé sur le port pour un objet relatif à sa charge.

Il y avait peu de temps que la triste Cordélia goûtait un peu de calme, ou plutôt cet engourdissement qui succède à une vive et douloureuse effusion, lorsque sa mère entra précipitamment dans la chambre où elle s'était réfugiée sans lumière pour pleurer en liberté.

—Descends, ma fille, lui dit-elle avec tendresse ; ton père vient de rentrer : essuie tes larmes ! et viens m'aider à recevoir de nouveaux hôtes qu'il amène ; ce sont des officiers du roi, ils ont des écharpes à franges et des aiguillettes d'or. Il faut que tu leur prépares le thé, et que tu le leur serves dans la petite chambre du devant. Ton père a déjà demandé où tu étais, et ce que tu faisais ; viens vite!..

Aux premiers mots de sa mère, Cordélia s'était levée précipitamment. L'ordre de son père, lequel lui inspirait autant de crainte que de respect ; l'arrivée d'étrangers de distinction, chose si rare, pour ne pas dire inouïe,

dans l'obscure petite ville ; la nécessité de s'occuper de nouveaux soins, tout produisit un
prompt effet sur la jeune fille, et fit une diversion salutaire à son chagrin : elle descendit
aussitôt dans la cuisine, prépara tout ce qu'il
fallait pour la collation, et entra dans la pièce
voisine de celle où se tenait l'assemblée générale, et dans laquelle se trouvaient les étrangers recommandés à son hospitalité.

Cordélia apprit alors un événement qui,
depuis une heure, occupait toute la population de la petite ville. Un vaisseau de guerre
danois, violemment battu par la tempête
dans le Cattégat, s'était vu forcé de chercher
un asile dans le port le plus voisin du lieu
où il se trouvait, et venait de mouiller dans
la baie pour se réparer. A la vue du pavillon royal et des couleurs de Danemarck,
tous ceux que leur devoir ou leur état appelait au secours du navire accoururent à leur
poste. Le receveur fut des premiers et s'empressa d'accueillir les officiers à leur descente
à terre, et de leur offrir ses services. Après
quelques pourparlers, quelques ordres donnés de part et d'autre pour la sûreté du bâtiment, le capitaine retourna à son bord et

ne laissa à terre que son lieutenant et deux ou
trois jeunes officiers, qui acceptèrent avec une
joie visible l'invitation de se rendre à la demeure de Halfdan , où presque toute la population de la petite ville était déjà réunie.
Le receveur, pour ne point troubler la bonne
humeur de ses hôtes, qui, après les dangers
qu'ils venaient de courir et des fatigues de
plusieurs jours, devaient avoir besoin de dis-
sipation et de repos, leur avait caché avec
soin la triste circonstance qui faisait dans ce
moment de sa demeure hospitalière une
maison de tristesse et de deuil; il les conduisit dans une pièce voisine de celle où se tenait l'assemblée générale; et là, aidé de quelques amis auxquels il avait fait signe en passant de le suivre, il s'efforça de détourner
l'attention des étrangers de tout ce qui aurait pu les conduire à faire de fâcheuses dé-
couvertes, quoique les vêtements noirs de ses
amis et des femmes qu'ils avaient amenées
avec eux annonçassent qu'on s'occupait plutôt à célébrer des obsèques que des noces.

Cependant les convives n'en firent point
la remarque , et se prêtèrent volontiers aux
intentions bienveillantes de leur hôte ; l'un

d'eux, pourtant, parut concevoir quelques
soupçons : c'était le lieutenant, petit homme
de trente et quelques années, marqué de petite-vérole, mais auquel une physionomie assez
expressive et des yeux spirituels, quoiqu'un
peu hardis, donnaient quelque chose de mâle
et d'agréable à la fois. Il se nommait Solland.
Si son extérieur et ses manières n'avaient
rien de bien distingué, il n'en avait pas moins
attiré, plus que ses camarades, qui n'avaient
pas eu beaucoup de temps à donner à leur
toilette, l'attention de la partie féminine de la
société, par l'éclat de ses épaulettes et l'élégance de son uniforme. De temps en temps
il jetait un regard furtif vers la salle où était
la grande réunion, car la porte s'en ouvrait
fréquemment; il entrevoyait alors une nombreuse assemblée et de jeunes filles toutes
vêtues de blanc, comme pour une fête; mais
l'espèce de mystère qu'on semblait lui faire,
ainsi qu'à ses compagnons, de cette circonstance, réprima long-temps sa curiosité; cependant le désir de voir ce qu'on lui cachait,
l'espoir que, parmi ces simples filles de la
nature, il en serait quelques-unes qui, moins
fières ou moins prudes que les beautés de la

ville qu'il venait de quitter, accueilleraient
cet hommage banal qu'il était accoutumé
d'offrir à toutes les femmes; cet espoir, disons-nous, lui fit bientôt trouver le moyen
d'éclaircir ses doutes.

En entrant dans la maison, il avait remarqué une grande foule à la porte, et, dans le
vestibule, des gens bien vêtus, qui se rendaient tous vers l'aîle de la maison opposée
à celle où le receveur l'avait introduit ainsi
que ses camarades. Il lui semblait même alors
avoir entendu le bruit de quelques instru-
ments; et, comme l'appartement où il entrevoyait maintenant l'assemblée était peu spa-
cieux, il imagina qu'il devait se trouver quelque part une autre salle où un bal, une fête
quelconque, était la cause de ce grand ras-
semblement de tant de femmes.

Il saisit donc la première occasion pour
s'échapper; il traversa le vestibule, et, se mê-
lant à la foule des allants et des venants qui le
remplissaient, il suivit le torrent jusque dans
l'intérieur de la maison, et parvint en effet à
une grande salle, où un spectacle bien inat-
tendu frappa ses regards. Aussitôt que la
lueur des flambeaux eut fait briller l'or de

ses épaulettes, la foule des assistants s'écarta
avec respect, et le frivole lieutenant, qui
venait chercher une réunion de plaisir, se
trouva tout à coup en face d'un cercueil,
dans lequel reposait, parée encore des grâces
de la beauté, une jeune fille au doux sourire, au front serein, comme si elle se fût
seulement endormie dans un séduisant espoir. Frappé d'une muette stupeur, le jeune
homme s'arrêta au pied du catafalque, et,
par un changement inouï dans ses habitudes
assez légères, cet effroi se convertit subitement en un sentiment plein de mélancolie.
Il joignit les mains en silence, et déplora
tout bas le sort de ce beau lys si tôt brisé, et
qui vraisemblablement n'avait encore goûté
ni les joies de la vie, ni le bonheur de l'a-
mour!.. Sans réfléchir à l'impression singulière qu'il éprouvait, il sentait qu'il se fût
trouvé heureux de lui prodiguer l'un et l'autre. Obscure et pauvre, il l'eût aimée, car
elle était belle et sage; toute idée d'ambi-
tion, de vanité ou de ces voluptés grossières
qui habituellement agitaient l'âme du lieutenant, cédaient dans ce moment la place à
un sentiment plus noble. La vue de la mort

l'avait en quelque sorte purifiée. Touché
d'une profonde émotion, qu'une imagination
vive augmentait encore, Solland se retira
lentement, et rejoignit sa compagnie, fer-
mement résolu de ne rien dire de ce qui venait de lui arriver.

A peine était-il entré dans la salle, que
Cordélia parut; elle portait la collation destinée à ses nouveaux hôtes. Elle posa le pla-
teau sur la table, salua les étrangers d'un
air modeste et gracieux, s'assit près de la
table, et s'occupa à préparer le thé. Sa touchante pâleur, son vêtement blanc, une ressemblance frappante avec l'aimable et triste
objet qu'il venait de voir, l'éclat demi-voilé
de ses deux yeux d'un bleu foncé, l'élégance
de sa taille, tout se réunit pour charmer, en-
chanter Solland. Il remarqua bientôt que la
gaîté de ses camarades et leurs plaisanteries,
fortement empreintes de la grossièreté de
mœurs des gens de mer, leurs voix bruyantes,
leurs éclats de rire, s'accordaient peu avec la
tristesse silencieuse de ce cœur affligé; il
chercha une occasion pour se rapprocher de
la jeune fille. Elle lui offrit timidement une
tasse de thé : aussitôt il s'empressa d'appro-

cher son siége du sien, causa avec elle, et
de ce moment ne la quitta plus. L'aspect de
ce triste et beau visage, le son doux et plaintif
de la voix de Cordélia, exerçaient sur lui un
tel empire que ses manières, d'ordinaire assez brusques, en contractèrent subitement
quelque chose de tendre, de compâtissant,
où l'on aurait même pu trouver l'expression
d'un cœur généreux et d'une âme élevée. Lui-
même se sentait avec surprise entouré de ces
liens secrets qu'imposent les convenances,
et que la rudesse de son caractère, autant
que celle des mœurs de son état, lui avait fait
si souvent mépriser. Le simple entretien de la
jeune fille continué à voix basse, en captivant
son oreille, pénétrait jusqu'à son cœur, et
lui inspirait des pensées aussi douces que
nouvelles. Cordélia elle-même trouvait, dans
les attentions de l'étranger, une distraction
puissante à sa tristesse; il lui semblait voir
dans les regards de Solland, du moins en
ce moment, quelque chose d'un monde nouveau, au prix duquel l'ancien, celui où elle
avait vécu heureuse, restait froid, désert et
décoloré. Ses yeux craintifs, qui n'osaient se
fixer nulle part, de peur d'apercevoir par-

tout la fatale couronne de romarin qu'elle
avait été contrainte de garder pour elle, se
reposaient avec une sorte de douce sécurité
sur ceux de Solland ; encouragée par l'intérêt qu'il lui témoignait, et un peu rassurée
sur sa gaucherie par les éloges qui lui étaient
prodigués, elle s'efforça de remplir avec grâce
et prévenance les devoirs hospitaliers dont
elle était chargée.

Peu à peu son embarras se dissipa ; un
faible et mélancolique sourire vint animer
ses lèvres : elle adressa la parole à ses hôtes
avec cet accent simple et naïf familier aux
femmes de Norvége, et la bienveillante expression de son regard perçait comme un
doux rayon à travers le nuage de tristesse
qui l'entourait ; Solland était transporté, les
manières aimables et pourtant pleines de réserve de la jeune fille lui semblaient aussi gracieuses que nouvelles, et lui-même ignorait
combien sa rudesse accoutumée était adoucie
par cette heureuse influence. Ce fut ainsi
que deux êtres entièrement opposés de principes, d'âmes et de caractères, se trouvèrent
conduits, par une cause tout-à-fait acciden-
telle, à une harmonie de sentiment involon-

taire, qui, s'emparant de leur imagination,
influa d'une manière bien fatale sur leur
destinée.

Le cœur de Solland, facile à s'enflammer,
ému d'abord par l'aspect de la mort, et maintenant tenté par le charme séduisant que
lui offrait la vue d'une jeune fille dans tout
l'éclat de l'innocence et de la beauté, se ber-
çait de doux songes; peut-être aussi ce cœur
frivole battait-il un peu, agité par la vanité,
en songeant qu'il ne tenait qu'à lui de choisir dans ce lieu ignoré une fiancée, dont la
beauté et l'amabilité le vengerait à la fois et
des fières beautés de la capitale qui l'avaient
dédaigné et des sarcasmes de ses camarades
qui l'avaient plus d'une fois raillé sur le mauvais succès de ses amours. Ces réflexions le
rendirent d'autant plus hardi et plus entre-
prenant qu'il n'avait jamais élevé le moindre
doute sur son mérite, et que la disposition
où le hasard l'avait placé le rendait plus
tendre, plus aimable et plus soigneux de
plaire.

Lorsque les convives, qui devaient loger dans
le voisinage, se séparèrent vers minuit, ils ap-
prirent avec surprise qu'ils avaient presque

assisté à une fête funéraire, et ils s'engagè-
rent d'eux-mêmes à venir honorer le convoi
de leur présence le lendemain.

Accablée de fatigue, mais pourtant mieux
disposée , Cordélia , pour la première fois
depuis son fatal jour de naissance, goûta un
bienfaisant sommeil ; il se prolongea même
assez avant dans la matinée, et l'on se garda
bien de l'interrompre. Quand elle s'éveilla elle
eut à peine le temps de s'habiller d'une manière convenable à la circonstance, et de s'occuper des soins qui lui étaient confiés pour
la réception de leurs nombreux hôtes, lorsqu'un bruit sourd l'avertit que le convoi sortait de la maison pour se rendre au cime-
tière ; les pas de la foule attendrie, parmi laquelle on distinguait des gémissements étouf-
fés , le chant monotone des prières , ce tumulte auquel succéda bientôt un effrayant
silence bouleversa de nouveau l'âme tendre
de Cordélia ; des larmes, que les ordres de son
père et les soins domestiques avaient com-
primées, s'échappèrent de ses yeux. La perte
qu'elle avait faite se présenta à elle dans toute
son étendue; une affreuse amertume saisit
son cœur, ses genoux ployèrent sous elle, et

elle demeura à demi prosternée toute livrée à
la violence de sa douleur.

Un long temps se passa avant qu'elle pût
s'en rendre maîtresse ; la voix de son père la
rappela enfin à elle-même ; la cérémonie était
terminée : les convives, les parents, les amis, et
la plupart de ceux qui y avaient assisté, se réu-
nissaient de nouveau pour le dernier repas
funèbre ; Cordélia essuya ses pleurs et descendit pour le présider. Solland, favorisé par
la mère, à qui les regards passionnés du jeune
homme n'avaient point échappé la veille ,
trouva moyen de se placer près de Cordélia.
Si la douce bienveillance de la jeune fille l'a-
vait charmé le soir précédent, la touchante
expression de sa physionomie, où le désir de
plaire à ses hôtes mêlait à la tristesse quelque chose de gracieux, la manière à la fois
noble et simple dont elle fit les honneurs de la
table, achevèrent d'enflammer le lieutenant ;
aussi, lorsque le repas fut terminé, il saisit une
occasion favorable pour lui parler en particulier. Il l'attira à l'écart, et dans tout l'enivre-
ment de sa passion il lui avoua son amour
et lui offrit sa main.

A cet aveu, Cordélia demeura frappée de

surprise: L'étranger, et elle était forcée de se
l'avouer, avait gagné sa bienveillance ; mais,
en échange d'un sentiment dont l'expression
impétueuse lui causait presque de l'effroi,
il lui demandait de l'amour, et son cœur
l'ignorait encore ; loin même de prendre
pour une tendre préférence cette sensation
étrange, inexplicable, qui faisait battre son
cœur en écoutant l'aveu du lieutenant, elle
l'eût promptement repoussé, si une pensée
soudaine ne lui eût fait envisager cet événement comme l'accomplissement d'une puissante destinée : la prédiction d'Amborg allait
donc s'accomplir !... Ce ne fut pas sans un secret tressaillement qu'elle pensa au troc des
deux couronnes ; de ce moment, il était en
son pouvoir d'échanger les sombres rameaux
de romarin qui menaçaient sa vie, contre les
myrtes fleuris de l'amour. Le passé ne lui parut plus qu'un songe pénible et douloureux ;
les paroles proférées avec un accent si prophétique par la Norne étaient l'oracle de sa destinée ;
une secrète angoisse lui défendait d'y résister, et pourtant quelque chose d'inexplicable
fermait ses lèvres autant que sa réserve et sa
timidité, et elle demeurait troublée, interdite,

confuse devant l'amant passionné qui l'im-
plorait avec tant d'ardeur.

En ce moment, la mère attentive, devi-
nant l'objet de cet entretien, accourut à l'aide
de sa fille. Le lieutenant, s'adressant à elle,
lui exprima le désir de devenir son gendre;
cette proposition était bien faite pour éblouir
la simple femme : des larmes de joie et d'attendrissement s'échappèrent de ses yeux, et
elle encouragea Cordélia à faire une réponse
favorable. La pauvre jeune fille, muette et le
cœur oppressé, embrassa sa mère, qui, expli-
quant ce silence selon ses secrets désirs, dit à
l'amant inquiet : — Adressez-vous à son père;
ma Cordélia est une fille soumise !

Solland, heureux de ce consentement ta-
cite, baisa vivement la main de la mère et de
la fille, et courut sur-le-champ trouver son
chef. Il le pria de faire pour lui, sans tarder,
la démarche convenable auprès du receveur.
Le capitaine, franc marin, accoutumé à ex-
pédier promptement les affaires, ne fut point
surpris de l'empressement de son lieutenant.
Il manda près de lui le receveur, et s'acquitta
fidèlement de la mission dont il s'était chargé.
A la vérité, Solland avait peu de fortune, mais

il était d'une famille recommandable, et d'ailleurs son traitement d'officier était suffisant pour faire vivre une femme et des enfants dans une sorte d'abondance. Il pouvait monter en grade, et peut-être un jour se trouver intéressé dans la Compagnie des Indes. Cette proposition, à laquelle il était si loin de s'attendre, étonna le receveur : malgré la promptitude qu'il mettait d'ordinaire dans ses déterminations, il hésita cette fois ; et tout en remerciant le capitaine, il demanda le temps de réfléchir : mais le capitaine, pressé comme tous les marins, lui objecta que la frégate devait sous peu remettre à la voile ; que jusque là il n'apprendrait rien de plus positif sur le compte du jeune homme que ce qu'il était à même de lui dire, et qu'il ne connaîtrait pas mieux le caractère de son futur gendre, dans un aussi court intervalle. — Le laisser partir sans prendre une décision ne me semble ni sage ni raisonnable ; vous avez été marin, mon cher monsieur, continua-t-il ; vous savez que nous aimons à aller vite en besogne. Et d'ailleurs, pourquoi refuser votre consentement à un projet qui, à ce que m'a dit Solland, a déjà presque obtenu l'assentiment de votre fille?

Le receveur revint consulter sa femme ; celle-ci, déjà à moitié gagnée par l'espoir de marier sa fille avantageusement, n'eut pas beaucoup de peine à le ranger à son avis. Il appela Cordélia.

—Cet homme te plaît-il, mon enfant? parle sans contrainte, lui demanda-t-il, avec plus de tendresse qu'il ne lui était ordinaire.

— S'il te plaît à toi-même... répondit en hésitant la jeune fille.

—Il n'est point question de moi dans cette affaire, reprit le père; crois-tu pouvoir bien vivre avec cet homme? te sens-tu le cœur disposé en sa faveur? Interroge-toi bien là-dessus. Cet homme est d'une bonne famille, d'une profession honorable. Il paraît t'aimer... Ta mère et moi nous ne nous sommes guère connus plus long-temps avant de nous marier; va, les mariages sont écrits dans le ciel, et le nôtre a été heureux... Mais ton choix doit être libre. A ces paroles, la craintive et superstitieuse jeune fille crut entendre de nouveau la voix prophétique de la vieille Amborg; le souvenir des circonstances menaçantes qui l'avaient accompagnée frappa violemment son cœur; c'était la voix du destin, elle

n'eut pas la force d'y résister. Elle donna donc
son consentement. Solland fut appelé, on lui
annonça son bonheur; il en parut tellement
hors de lui, que ses transports émurent et
touchèrent vivement la jeune fille; elle étouffa l'angoisse qui agitait encore sourdement
son cœur, et se livra à l'espoir d'être heureuse.

Rien n'égalait l'orgueilleuse joie du lieutenant, à la pensée de son retour à Copenhague, ramenant avec lui une jeune épouse,
dont la beauté et les grâces n'étaient que le
moindre charme, et qui aux dons heureux
de la jeunesse joignait encore cette noble réserve qui impose le respect. Quel triomphe
pour lui de l'introduire dans les cercles brillants du grand monde, et de la voir admirer
par ceux qui avaient mis si souvent en doute
les bonnes fortunes dont il se vantait? Ces
idées dont se repaissait sa vanité s'emparè-
rent avec tant de force de son imagination,
qu'elles en firent naître une nouvelle, celle
de la possibilité de jouir tout de suite de son
triomphe : en conséquence, il alla de nouveau trouver son capitaine, déjà si bien disposé pour lui; il lui représenta combien il

lui serait pénible de se séparer de sa jeune
fiancée , dans l'incertitude de l'époque de son
retour; le service pouvait lui commander une
expédition de long cours , des années pouvaient s'écouler avant qu'il pût emmener
dans sa patrie sa jeune épouse. Si, au contraire, le capitaine permettait qu'elle le sui-
vît sur la frégate, qui du reste avait besoin,
pour être réparée, de retourner à Copenhague, il pourrait épouser Cordélia avant le
moment du départ : le temps, quoique très-
court, était suffisant; le capitaine fit quelques objections, l'amoureux lieutenant se
hâta de les lever toutes , et enfin arracha
son consentement; celui des parents ne fut
pas plus difficile à obtenir.

Mais cette précipitation dans un acte qui
devait influer sur toute sa destinée causa plus
de surprise que de joie à Cordélia; et, bien
que cet événement vînt confirmer la prédiction de la vieille Amborg, il lui causait une
sorte d'effroi dont elle ne pouvait se rendre
compte. La pensée de se séparer de tout ce
qu'elle avait aimé, de tout ce qui lui était
cher, de passer presque comme sa sœur dans
un monde nouveau, inconnu, d'une manière

brusque et soudaine, lui causait un effroi indéfinissable ; et dès lors elle commença à
sentir obscurément, au fond de son cœur, que
l'homme qui voulait l'enlever à tout ce qui
lui avait été cher, ne serait pas lui-même un
dédommagement à un tel sacrifice. La maison paternelle, le voisinage, les champs in-
cultes, les âpres rochers qui l'entouraient,
tout semblait prendre un aspect doux et riant
pour la retenir ; hélas, elle n'eût voulu échapper qu'au destin menaçant que lui promettait la couronne de romarin ; mais quitter
son père, sa mère, son jeune frère, si tendrement aimé, rompre tous les liens d'enfance, s'arracher de ces lieux où sa jeunesse,
animée par la gaîté et l'amitié de Julien, son
frère d'adoption, avait été si heureuse !... A
cette dernière pensée il s'en mêlait une autre
plus secrète, à peine avouée, mais dont le
soupçon suffisait seul pour augmenter ou
troubler son âme. Julien devait revenir.....
Et qui sait si la mort de celle qu'il nommait
en riant sa petite fiancée, ne lui ferait pas
reporter sur une autre qu'il aimait également,
un sentiment plus tendre !... Cette dangereuse supposition se présenta plus d'une fois

à l'esprit de Cordélia : elle l'écartait avec
soin, mais elle n'en était pas toujours maîtresse. Au milieu des témoignages d'amour
et de respect que lui prodiguait son fiancé,
elle sentait son cœur se remplir d'une profonde tristesse, et plus d'une fois elle se ré-
jouit quand les devoirs de son grade le retenaient sur la frégate, afin de pouvoir se livrer
sans contrainte à ses secrets ennuis. Dans ces
moments de solitude, il semblait qu'une
voix intérieure lui criât, qu'elle s'était trop hâ-
tée, et que la crainte d'un danger imaginaire
l'avait peut-être précipitée dans un plus réel ;
mais que faire ? Elle avait donné sa parole : la
timide jeune fille n'eût jamais osé revenir en
arrière ; en soupirant, elle laissa sa mère s'occuper de son troupeau, et ce fut sans joie, et
même avec un profond découragement,
qu'elle vit hâter les préparatifs de son mariage.

————

Une belle après-midi que le fiancé était occupé à faire une partie de dames avec son
futur beau-père, Cordélia s'échappa, sans
être vue, par la porte du jardin ; et, le cœur

oppressé par sa mélancolie habituelle, elle
tourna ses pas du côté du rocher où naguère
sa pauvre sœur avait trouvé la mort. Depuis
ce jour fatal, elle n'avait pas osé visiter ce
lieu; aujourd'hui elle s'y rendait pour s'y livrer en liberté à toute sa tristesse, et là, entourée des souvenirs les plus doux et les plus
déchirants, prendre congé de tout ce qu'elle
avait aimé.

Elle eut bientôt atteint la cîme du rocher.
La mer était calme, le ciel pur, le soleil brillant, et le sol couvert de mousse et de fleurs;
Cordélia s'assit sur le petit tertre qui lui avait
tant de fois servi de siége, ainsi qu'à sa sœur,
et se mit à réfléchir sur sa situation; mais ce
fut en vain qu'elle chercha à le faire avec
calme, son cœur était trop ému par les souvenirs qui se pressaient en foule autour d'elle;
et ses larmes coulaient avec une affreuse
amertume. Malgré elle, la fatale couronne de
romarin qu'elle avait en quelque sorte dérobée à la mort, revenait frapper sa pensée
d'une terreur superstitieuse; elle demeura
long-temps absorbée dans cette rêverie douloureuse, où l'âme semble se complaire quelquefois, et qui devient pour les êtres souf-

frants un état presque habituel. Ses yeux
étaient fixés sur la terre : tout à coup elle essuya les larmes qui les obscurcissaient, pencha la tête un peu en avant : elle voyait briller quelque chose à travers la mousse, elle y
porta la main; hélas!.... c'était l'anneau
perdu, tant cherché et tant regretté de la
pauvre Anna!... Cordélia le saisit avec un
mouvement de douleur et de joie : — Ainsi,
dit-elle en soupirant, c'est donc à moi qu'il
échoit en partage!... O mon doux et triste
héritage ! puisses-tu me porter bonheur!... »
Déjà d'une main tremblante elle ôtait son
gant pour passer l'anneau à son doigt, quand
elle crut entendre derrière elle un pas léger;
elle se retourne vivement : au même instant
deux bras vigoureux la saisissent, sans violence pourtant ; et dans ce mouvement la
bague fatale échappe à sa main mal assurée, roule sur les rochers, et, après avoir fait
entendre un son clair et argentin, disparaît
pour jamais dans l'abîme !...

Cependant un grand jeune homme tout
tremblant de joie était à côté de la jeune
fille ; il la serrait tendrement dans ses bras,
et, appliquant un ardent baiser sur ses lèvres

fraîches, s'écriait, dans la langue du pays, quoique avec un accent étranger : — Enfin, me voilà de retour, ma sœur chérie, ma douce fiancée!...

Cordélia, effrayée, cherchait en vain à se dégager; mais il la retenait avec plus de force, et répétait en riant : —Mais c'est moi! c'est ton ami, ton fiancé!.. Il pencha son visage vers elle : Ne me reconnais-tu pas ?... — Julien ! s'écria la jeune fille, frappée d'une joyeuse surprise; mais au même instant elle fondit en larmes. Ah, tu te trompes ! dit-elle à voix basse, je ne suis pas celle que tu cherches; ta fiancée n'est plus de ce monde, Julien, la bonne Anna repose dans la tombe... — Eh quoi! s'écria le jeune homme, serait-il possible?... Tu es la petite et faible Cordélia; et la pauvre Anna, si pleine de vie et de santé, a succombé?... Quel incroyable changement!—Mais, continua-t il après une longue pause, pendant laquelle il semblait regarder la jeune fille avec admiration, mon cœur ne m'a pourtant pas trompé, quand j'ai vu flotter sur cette hauteur ton vêtement blanc, je me suis dit : Voilà ma fiancée. Cordélia, que tu es devenue belle ! quel feu

brille aujourd'hui dans ton regard! Ah! je
comprends maintenant ce désir inquiet, im-
patient, qui me rappelait vers ces froids rochers; Cordélia! ce que j'ai dit jusqu'à présent en badinant à une autre, je te le répète
avec tout le sérieux de mon âme et de ma
volonté : Sois ma fiancée, Cordélia, je suis
toujours le Julien que tu as aimé...

Ces mots, prononcés avec l'accent de la
plus aimable franchise, firent comme vibrer
mille cordes dans le cœur de la jeune fille ;
une félicité qu'elle n'avait jamais ni soupçon-
née ni pressentie remplit d'abord son âme ,
mais bientôt se changea en une vive douleur,
et, respirant à peine de cette émotion, elle dit
tout bas : — Julien! né plaisante point ainsi,
tu me fais mal....

— Plaisanter! reprit-il avec feu, je n'en ai
nulle envie ; écoute, Cordélia , depuis que
nous nous sommes quittés, j'ai vu le monde,
de belles, d'aimables, de spirituelles jeunes
filles m'ont fait plus d'une fois des agaceries;
je jouais avec elles, mais je ne les aimais
point; il me semblait toujours que j'avais
connu ailleurs quelque chose de plus noble,
de plus sage, de plus gracieux. Cet idéal de

mon imagination ne revêtait aucune figure
déterminée, seulement il me semblait voir,
comme à travers un brouillard, des yeux bleus
bien doux et bien tendres; en te voyant, ce
nuage s'est tout à coup dissipé; que tu sois
Anna ou Cordélia, le nom ne me fait rien,
tu es celle à qui mon cœur appartient désormais; mais si tu te nommes Cordélia, ce sera
pour moi le nom le plus doux.... Il la serra
de nouveau sur son cœur agité. Et toi, continua-t-il d'une voix caressante, m'aimes-tu
toujours? Je suis ton frère comme jadis,
n'est-ce pas?... Et nos parents ont-ils pensé
à leur fils adoptif?...

— Oui, je t'aime comme autrefois, bon
Julien, reprit Cordélia, attendrie par ces souvenirs, et charmée de pouvoir retrouver les
douceurs d'une relation qui avait rendu son
enfance si heureuse; ou plutôt le cœur allégé
de la pauvre fille se réfugiait dans le passé,
comme pour échapper aux émotions du présent.

— Mais comment es-tu venu justement
ici? demanda-t-elle tout à coup; n'as-tu
pas été à la maison?... N'as-tu pas vu nos
parents?

— Non! reprit Julien, conduis-moi vers
eux. Il lui raconta alors qu'il était arrivé à
Christiana, en qualité de pilote, sur le bâtiment que son père avait autrefois gouverné ;
que là, il avait pris une permission pour venir visiter sur cette côte ses anciens amis ; il
avait fait cette route pénible, d'abord à pied,
son paquet sur le dos, et ensuite dans un
petit bâtiment de transport.

Près d'aborder, il avait aperçu une femme sur la cîme du rocher ; et, comme il se
souvenait que ce lieu était le rendez-vous
des deux sœurs, il avait gravi la hauteur par
le petit sentier pour voir quelques instants
plus tôt celle qui lui était toujours chère.

Les deux jeunes gens, tout au bonheur de
se revoir après une si longue absence, mar-
chaient lentement vers la maison ; Cordélia,
appuyée sur le bras de Julien, semblait avoir
retrouvé la douce familiarité de leurs jeunes
années ; attentive à ses paroles, les yeux élevés vers lui, avec l'expression d'une tendre
confiance, elle oubliait l'avenir ; elle lui conta
à son tour les événements peu nombreux arrivés pendant ces dernières années, et la
mort de sa sœur amena de nouvelles larmes

dans ses yeux et des pensées tristes dans son
cœur.

— Pourquoi ne puis-je rester, dit Julien,
jusqu'à ce que toutes ces larmes soient ta-
ries! Hélas! peu de jours me sont accordés,
mais console-toi, ma bien-aimée, dans trois
mois, avant la saison des tempêtes, je reviendrai sur un bon vaisseau chercher mon trésor,
et je l'emmènerai dans ma patrie, si tu veux
bien changer mes droits de frère contre des
droits plus chers et plus doux.

L'accent avec lequel il prononça ces derniers mots était si tendre, son regard si ca-
ressant, que Cordélia se sentit douloureusement frappée; elle pâlit, car elle comprit alors
comment la prédiction de la vieille Amborg
eût pu s'accomplir. Elle reconnut que sa funeste précipitation avait fait avorter pour elle
le bonheur de la vie, et elle sentit dans toute
son étendue le malheur de sa situation; et,
dans ce moment, comme ils approchaient
de la maison, elle aperçut son fiancé à la fenêtre. Cette vue la rappela à elle-même; elle
s'arracha avec effroi des bras de Julien, et dit
d'une voix tremblante : —Au nom du ciel,
Julien, pas un mot de plus!... car je suis

fiancée;... oui, fiancée, répéta-t-elle en frémissant. Tu vois là-bas l'homme auquel je suis
promise ;... je ne serai jamais pour toi qu'une
tendre sœur. — Cordélia ! s'écria le jeune
homme avec douleur. La vive rougeur qui
colorait son visage fit subitement place à une
pâleur mortelle. O mon Dieu ! serait-il vrai?...
Et tu l'aimes? continua-t-il en saisissant sa
main avec vivacité. —Je croyais l'aimer, murmura-t-elle d'une voix à peine intelligible.
— Cordélia, reprit Julien en fixant sur elle
un regard pénétrant, ne t'abuse point ;... il
en est temps encore... Tu m'aimes, Cordélia !
oui, oui, nous nous aimons... Ah ! ne nous
rends pas tous deux malheureux à jamais!
Elle tressaillit, sa pâleur augmenta; mais elle
l'entraînait avec plus de force vers la maison,
d'où l'on pouvait déjà les apercevoir. — Tout
est fini, mon frère, dit-elle d'un air sombre
et avec amertume ; mon sort a été fixé au
moment où tu m'as saisi le bras là-haut, et
ce sort sera malheureux... Te rappelles-tu la
bague de la pauvre Anna?

Et, tandis qu'en frémissant encore de cette
perte, elle lui racontait l'aventure, ils s'ap-
prochèrent de la maison.

Il y avait déjà long-temps que le lieutenant attendait sa fiancée avec impatience ;
mais quand il la vit paraître accompagnée
d'un beau jeune homme dont les regards
semblaient attachés sur elle avec une extrême tendresse, il s'avança rapidement vers
elle, et, jetant sur l'étranger un regard plein
de colère et de jalousie :— Il paraît, dit-il avec
un sourire forcé, que vous avez fait une heureuse promenade... Cordélia ignorait toute
espèce de détours, et pourtant, dans cette
circonstance délicate, l'adresse naturelle à
son sexe la servit, et lui rendit la présence
d'esprit nécessaire. — Oui, dit-elle avec son
doux sourire, j'ai retrouvé mon frère Julien,
le fils adoptif de mes parents! ajouta-t-elle,
en lui présentant le jeune homme. Solland le
salua en silence. Julien le regardait fixement,
et comme cherchant à se rappeler quelques
souvenirs. —Est-ce là, demanda-t-il en hésitant, ton fiancé? Cordélia fit un signe affirmatif. Alors permettez-moi, monsieur le lieutenant, reprit Julien, de renouveler une ancienne connaissance ; nous nous sommes
trouvés ensemble à Bordeaux, il y a quelques années... — Je m'en souviens à peine,

dit Solland d'un ton sec et mécontent. Cordélia, qui l'examinait avec inquiétude, remarqua une sorte de trouble et de colère dans
sa réponse ; elle se hâta d'appeler ses parents, pour faire diversion. L'entrevue des
deux parts fut bien tendre ; mais la joie du
jeune Olof fut surtout vive et bruyante ; de ce
moment le futur beau-frère, dont les joyeuses
facéties l'avaient d'abord amusé, fut oublié :
avec son jeune ami il avait retrouvé la gaîté
folâtre de son enfance ; les parents eux-mêmes ne pouvaient se rassasier de la vue du
beau jeune homme, dont la taille élancée
avait pris maintenant tout son accroissement, et dont les traits mâles conservaient
toute la douceur et l'expression aimable qu'ils
avaient dans un âge plus tendre. Le receveur
avait mille questions à faire au jeune marin
sur ses voyages et ses aventures ; la mère
l'accablait de ces soins tendres et minutieux
auxquels aiment à se livrer les femmes pour
les objets de leur maternelle prédilection ; et
Cordélia semblait avoir retrouvé pour lui cette
douce sérénité de caractère que son récent
malheur avait si cruellement troublée. Toute
la famille, et même la fiancée, était si oc-

cupée du nouveau venu, que Solland ne put
dans toute la soirée se faire écouter, ni adresser un mot en particulier à sa maîtresse :
aussi quitta-t-il la maison avec d'autant plus
d'humeur, qu'il était obligé d'aller chercher
sa demeure, assez éloignée, tandis que le
jeune homme, qui, sous plus d'un rapport,
lui paraissait dangereux, restait sous le même
toit que celle qu'il aimait.

La confiance des parents, les mœurs simples de la famille et un brillant clair de lune
favorisèrent Julien ce même soir d'une heure
d'entretien avec la jeune fille, qui, sans le
fuir, sans le chercher, sentait pourtant dans
l'angoisse de son cœur la nécessité d'une explication. — Cordélia, lui dit le jeune marin
aussitôt qu'ils se trouvèrent seuls, que tu
m'as effrayé en me disant que ton cœur s'é-
tait donné !... La vue de ton fiancé m'a rassuré : tu ne peux l'aimer ! Ce front étroit, ces
yeux sans âme, cette physionomie tout à la
fois servile et hardie... Non, c'est impossible ! et il pourrait te posséder ? Il n'en est
point digne ! Crois-moi, défais-toi de lui, tandis qu'il en est temps encore, il ferait ton
malheur. Il se tut, et la regarda avec une

tendresse inquiète. Cordélia gardait encore
le silence : chacune des paroles de Julien
trouvait un écho dans son cœur; il semblait
qu'un bandeau fût tombé subitement de ses
yeux. Elle se sentait entraînée à croire Julien; pourtant un vertueux mouvement la
retint : un sentiment amer, mais noble, s'é-
leva dans son sein :

— Julien! lui dit-elle, une basse envie
peut-elle t'aveugler à ce point?... Mes parents
l'ont choisi, je l'ai accepté; et tu dois l'estimer par rapport à nous : penserais-tu donc
ainsi mériter ma tendresse?...

— Non, répondit tristement Julien; dans
ce moment je ne songeais point à moi, je
ne pensais qu'à ton bonheur, qui m'est cent
fois plus cher que le mien... Seulement, ma
tendre sollicitude pour toi, chère sœur, a
rempli mon cœur d'une amertume qui cher-
che à se répandre; mais dis-moi, Cordélia,
as-tu jamais vu Julien envieux? l'as-tu jamais entendu calomnier quelqu'un?... Ne
m'avez-vous pas connu tous bon, confiant
même? O ma sœur! je te le répète, crois-en
mes pressentiments! cet homme n'est pas
digne de toi! On ne peut lui reprocher ce

qu'on appelle précisément de mauvaises ac-
tions, et pourtant...! Je l'ai connu à Bordeaux, où il servait sur un brick de guerre ;
un matelot dont il avait à se plaindre, et auquel il gardait rancune, fut un jour tellement
exaspéré pour les contrariétés qu'il lui faisait
éprouver dans son service, qu'il s'oublia jusqu'à lui manquer de respect. Solland saisit
cette occasion de se venger, et il assista au
châtiment qu'il fit infliger à ce malheureux,
avec une joie cruelle... Il a un mauvais cœur,
et il n'était point aimé de ses subordonnés :
ce qui est toujours un mauvais témoignage.
Et c'est à un tel homme que tu voudrais confier le bonheur de ta vie ! Ma douce Cordélia,
il t'emmènerait loin de ta famille, de ton
pays... ; tandis que moi, qui voudrais te porter dans mes bras, sur mon cœur, livré au
désespoir... Au reste, fais ce que tu dois, ce
n'est pas moi qui voudrais t'induire à agir
contre ta conscience... Cependant, veux-tu
que je parle à ton père ; je plaiderai, il est
vrai, dans ma propre cause, mais c'est aussi
celle de ton bonheur...

Il se tut, et attendait avec anxiété la réponse de la jeune fille. — Laisse-moi, lui dit-

elle enfin avec un soupir; il se fait tard, je
vais réfléchir à ce que tu me dis : demain
nous verrons. Adieu; dors si tu peux... Quant
à moi.... Elle n'acheva point et le quitta précipitamment. En effet, le point du jour la
trouva encore éveillée. Elle avait examiné
avec soin sa conscience, et, de ce moment,
elle se sentit comme émancipée. Les frivoles
et timides pensées de l'enfance s'évanouirent,
le sérieux de la vie s'empara de son âme tout
entière; elle envisagea la situation de son
cœur sans trouble, et puisa de nouvelles
forces dans ses graves méditations; enfin,
animée d'une résolution qu'elle n'avait jamais éprouvée, elle se rendit dans la chambre de ses parents, s'agenouilla devant eux
et leur ouvrit son cœur avec sa franchise accoutumée.

Elle leur apprit la tardive connaissance
qu'elle avait faite des tendres sentiments de ce
cœur oppressé, sa répugnance pour le mariage
projeté, son penchant pour Julien, penchant
qui, quoique récent en apparence, était bien
profond, puisque le souvenir du jeune homme
avait toujours, mais comme à son insu, occupé sa pensée; enfin l'offre que Julien lui

avait faite de sa main , les renseignements
funestes qu'il lui avait donnés sur le caractère
de Solland ; et elle termina en priant son
père de rompre une union qui semblait ne
lui présenter aucune garantie de bonheur.

Ce discours causa une surprise extrême
aux parents. Le receveur fronça le sourcil,
et se mit à marcher avec vivacité dans la
chambre , en gardant toutefois un silence
inquiétant. La mère, qui ne voyait pas sans
chagrin s'évanouir l'espoir d'un mariage
qu'elle regardait comme très-avantageux pour
sa fille, ne put s'empêcher de témoigner son
mécontentement, et surtout d'accuser Julien
en termes assez durs , du trouble que cet
événement allait causer. Le sens droit et
l'esprit juste du receveur mit un frein à ses
invectives : il lui imposa silence , et , prenant la main de sa fille, il l'emmena dans la
chambre voisine, pour lui parler en liberté.

—Ne sois point surprise, ma fille, lui dit-
il avec une froideur affectée, que je me hâte
de te répondre sur l'étrange aveu que tu
viens de me faire; mais, comme je sais que
ni le temps ni aucune espèce de considération ne changeraient ma manière de voir ,

il n'est point nécessaire de prolonger une situation qui pourrait être pénible entre nous. Je n'ai jamais, dans aucune circonstance, faussé ma parole !... et tu as donné la tienne librement, avec réflexion. Cet engagement n'a point été scellé devant l'autel, il est vrai, mais qu'importe ! tes lèvres l'ont proféré sans contrainte : pourrais-tu,... ma fille oserait-elle devenir parjure ?... Des joues rosées, deux yeux noirs, un langage séduisant suffisent-ils pour t'induire à fausser ta foi?... C'est de l'amour, me diras-tu... Crois-tu que près des gens sages ce nom soit de quelque poids ?... Ils le qualifieront de folie ou de quelque chose de pis !... As-tu donc répété légèrement cette partie de notre prière quotidienne? *Et ne nous laissez point succomber à la tentation.* Que de fois ne succomberas-tu pas dans le cours de ta vie, si, à la première épreuve, tu cèdes lâchement ?... Ne prête donc point l'oreille aux soupçons d'un jeune homme honnête, sans doute, mais vif, impétueux et sans expérience ! Cordélia, sois ma digne fille. Je t'ai laissée libre de ton choix,... ne l'oublie pas;... tu t'es prononcée, et désormais je serai le premier à défendre les

droits de mon gendre futur..... Ma chère
Cordélia, ajouta-t-il après un instant de silence et d'une voix attendrie, ne couvre pas
de honte mes cheveux gris !... je t'en conjure !... ton manque de foi serait ma mort...
Va, contrains-toi ! combats avec courage
cette faiblesse, qui ne pourrait que te rendre
malheureuse.

La vie demande beaucoup de force et de
combats; si tu te laisses vaincre au premier,
tu es perdue pour l'avenir !...

Je parlerai à Julien.

Chacune de ces paroles imposantes et sévères pénétrait comme un glaive l'âme de
Cordélia. Sa raison ne pouvait rien y opposer, et pourtant son cœur se révoltait encore
contre la nécessité. Elle baisa avec respect la
main de son père, auquel cette résignation
silencieuse donna l'espoir de la retrouver
bientôt docile à la voix du devoir; il n'exigea
d'elle aucune réponse, et se contenta, en la ren-
voyant, de l'exhorter au courage.

Le lieutenant vint dans la matinée; il trouva
Cordélia toujours douce et bienveillante,
quoique silencieuse, souffrante même; mais
ses yeux inquiets et jaloux ne se fiaient point

à ces apparences paisibles : il remarqua que
la pauvre fille rougissait en voyant entrer Julien, et qu'en lui parlant son regard plein de
tristesse se détournait brusquement, comme
par l'effet d'une réflexion subite; enfin, il la
vit tout à coup saisie d'un trouble qu'elle put
à peine réprimer, quand le receveur fit signe
au jeune Caudry de le suivre dans la chambre
voisine. Dans ce moment, Cordélia, qui sentait que maintenent son sort allait se décider,
oublia toute prudence; elle demeura immobile au milieu de la chambre, les yeux fixés
sur cette porte, que son père et Julien avaient
soigneusement refermée sur eux, et elle parut avoir complétement oublié la présence de
son fiancé, qui l'examinait avec une fureur
toujours croissante. Il fit deux ou trois tours
par la chambre en sifflant, puis, dans l'excès
de sa jalouse rage, il se mordit les poings et
sortit précipitamment, sentant qu'il ne pouvait plus se contenir. Cordélia s'aperçut à
peine de son absence : son âme tout entière
était dans la chambre voisine, et son angoisse
était inexprimable. Que pouvait-elle espérer
de l'entretien de Julien avec son père ? Et pourtant cette douce éloquence si puissante sur

son âme, et dont le seul souvenir la faisait encore tressaillir, serait-elle sans effet sur un père
qui l'aimait avec tendresse?... L'entretien dura
long-temps; d'abord on entendit sourdement
la voix du receveur grave et solennelle, c'était
l'accent de l'honneur et de la vertu; bientôt
celui de l'indignation, plus bruyant, plus terrible, lui succéda et sembla chercher à étouffer
le discours vif et pressé de Julien, qui, mê-
lant au ton de la persuasion celui de la prière,
cherchait plutôt à convaincre qu'à obtenir.
Peu à peu les deux interlocuteurs baissèrent
la voix, et enfin l'entretien se termina par une
espèce de murmure, au milieu duquel l'oreille
de Cordélia crut entendre des soupirs et une
sorte de gémissement douloureux. Après quelques minutes d'un silence de mort, la porte
s'ouvrit : Julien était seul. Le receveur l'avait
quitté par une autre issue ; le jeune homme
s'avança vers Cordélia, pâle, la physionomie
profondément altérée, mais l'air calme et
résigné. — Cordélia, dit-il d'une voix éteinte,
ton père m'envoie vers toi, ou plutôt mon
destin m'y ramène ; un mot va le décider. Je
ne dois pas être un objet de trouble parmi
vous... Celui que je révère à l'égal de mon

père vient de me remontrer mon devoir et
m'a engagé à le remplir dans sa plus rigoureuse étendue ; je veux lui obéir... Oublie mon amour, mes vœux, mon cœur déchiré, tout... Remplis ta parole !.. tu l'as en
effet donnée librement, sans réserve, sans le
pressentiment d'un autre avenir...: Oh ! pourquoi suis-je venu si tard !..

—Ainsi ! dit-elle d'une voix sombre et tandis que de grosses larmes coulaient de ses
yeux obscurcis, c'est toi qui me condamnes à
un malheur que tu m'as appris à connaître ;
hélas ! hier matin encore je ne pensais point
ainsi ! Qui donc a changé mes sentiments dans
une minute ? N'est-ce pas toi, Julien, qui as jeté
des soupçons dans mon âme ? ne m'as-tu pas
dit qu'il était tout à la fois hypocrite et cruel ?..

—Je puis m'être trompé, ma sœur ; peut-
être, comme dit ton père, que le sentiment
que j'ai pour toi m'a rendu injuste et par-
tial. Du reste, ton père pense que ton angélique douceur exercera une heureuse influence sur cette rudesse de caractère, sur
cette humeur impétueuse, dues peut-être
aux habitudes un peu grossières de son état,
plutôt qu'à un mauvais naturel ; il dit que ta

mère a produit le même effet sur lui... et
que ces légers nuages n'ont jamais troublé
leur bonheur domestique.... Allons! continua-t-il en poussant un profond soupir, il
faut que je sois homme!.. je te dois l'exemple du courage. Ton père dit aussi,... car que
ne m'a-t-il point dit? que tu as engagé ta
foi pour la vie, et que ce serait une grande
honte pour toi si tu songeais à la rompre ;
je n'ai pu lui répondre, quoique une voix
puissante s'élevât dans mon cœur pour combattre ses raisons. Mais il dit que cette voix
est celle du serpent qui tenta nos premiers
parents; il dit que nous sommes tous deux
sous l'arbre fatal de notre destinée; il m'ac-
cuse de chercher à te séduire... O Cordélia!
s'écria-t-il avec enthousiasme, mon cœur est
pur encore; non je ne suis pas ton tenta-
teur! je ne te détournerai point de la route
où la vertu t'appelle... Séparons-nous pour
jamais; demeure fidèle à ta parole, je le serai à la mienne..... Il prononça ces derniers
mots d'un accent si plaintif, si plein de
désespoir qu'il rappela à l'oreille de Cordélia la plus étrange sensation, que son cœur
éprouva la même angoisse douloureuse qui

6

la saisit quand elle entendit le son argentin
de la bague d'Anna rouler de rochers en rochers jusque dans l'abîme ; et il lui sembla
qu'une voix moqueuse lui dît : Insensée ! as-
tu pu te flatter de réparer ce qui est irrépa-
rable !.... Et ton bonheur perdu ne t'est-il
pas ravi sans retour ! Sa tête s'inclina comme
sous la main de fer de la nécessité ; bientôt
elle la releva, animée d'un nouveau courage,
elle attacha sur son amant un regard plein
d'enthousiasme. — Oui, dit-elle, j'y serai
fidèle ! mais Julien il est une autre fidélité, à
laquelle aucune puissance sur la terre ne
peut m'empêcher de me vouer, c'est la fidélité aux sentiments nobles et élevés qui dans
ce moment nous animent l'un et l'autre ; je
te jure d'y rester fidèle et d'être digne de
cette heure solennelle, de mon père et de
toi !... De ce moment, j'embrasse la vie telle
qu'elle est, je renonce au bonheur pour me
consacrer à la vertu ; que cette exaltation,
continua-t-elle, en voyant qu'il la regardait
avec surprise, ne te cause point d'inquiétude,
elle n'est point l'effet de la fièvre, mais le résultat du songe d'hier ; car, hélas ! ajouta-t-
elle avec un soupir involontaire, ce n'était,

en effet, qu'un songe ; maintenant, je suis
éveillée, je chancelle encore, mais le vertige
se dissipera.... Ah ! Julien ! pourquoi es-tu
revenu?... Mais tout est fini ! séparons-nous
le plus tôt possible !..

— Oui, bientôt, dit Julien avec effort, aujourd'hui même... Et, de ce moment, adieu !...
Ses larmes étouffèrent sa voix involontairement ; il lui tendit les bras : Cordélia s'y précipita, et il la serra sur son cœur avec un
mouvement passionné, puis, l'abandonnant,
et retenant seulement ses deux mains dans
les siennes : — Puisses-tu, dit-il....

Dans ce moment la porte s'ouvrit, et le
fiancé rentra. Il ne vit pas le tendre et douloureux embrassement ; mais le trouble des
deux amants, leur émotion, leurs larmes ne
lui échappèrent point.

— Ah ! ah ! dit-il avec aigreur, il paraît que
je viens mal à propos !...

L'accent jaloux avec lequel il prononça ce
peu de mots, et le regard sombre qui les accompagnait, excita un sentiment amer dans
le cœur généreux qui, dans ce moment
même, lui faisait un si grand sacrifice. —
Ma foi ! vous l'avez dit, lieutenant, dit Julien

avec une vivacité où se mêlait un peu de colère ; car, dans ce moment où je me sépare
pour toujours d'une sœur que j'aime, de tels
instants devraient être sacrés! J'allais ajouter
quelques vœux pour le bonheur de votre future union ; mais votre remarque les a fait
expirer sur mes lèvres.

Solland parut prêt à s'emporter ; il porta
même la main à son épée. Cordélia s'avança
précipitamment entre eux, et dit, en saisissant avec force la main de Solland : — Insensé! que veux-tu faire? Tu ne sais pas tout
ce que tu lui dois!...

Ce peu de mots fit sur les deux rivaux une
impression différente, mais également profonde, et l'on ne sait quel eût été le résultat
des pensées qu'il excitait dans leur âme, si
les parents, qui attendaient tout de l'entretien
de Julien avec leur fille, ayant appris l'arrivée de Solland, ne se fussent hâtés d'entrer
presque aussi tôt que lui. Julien leur annonça
alors son départ ; Cordélia, qui n'avait plus
à attendre aucune joie de ces derniers instants, rassurée, d'ailleurs, par la présence
de ses parents, jeta un dernier regard sur
Julien, et, saisissant un prétexte pour sortir,

elle s'enfuit dans sa chambre. Là, comme deux
mois auparavant, lorsqu'elle pleurait sa sœur,
elle s'abandonna à toute la violence d'une
douleur trop long-temps comprimée. Aussitôt
qu'elle eut quitté la chambre, Julien annonça
à ses parents que son intention était de partir à l'instant même, et de se rendre immédiatement à Christiana, par le bâtiment qui
l'avait amené, et qui, après avoir déchargé
ses marchandises, devait l'attendre à quelques lieues de là sur la côte; il espérait, disait-il, le rejoindre avant la fin du jour. Le
départ de Julien, qui pourtant s'accordait
avec leurs désirs, les préoccupait. Ils cherchaient par des témoignages de tendresse à
adoucir la douleur profonde qui se peignait
dans toute la contenance du jeune homme.
Le fiancé, jetant sur eux un regard plein d'envie et de fureur, sortit sans dire un mot; mais
son absence ne fut pas même remarquée.

Ce qui se passa dans cette courte, mais
bien triste entrevue, ne fut jamais connu;
mais tous trois, en se séparant, étaient profondément émus. Le jeune homme ne demanda pas à revoir Cordélia, ne prononça
pas même son nom... Hélas! la pauvre fille,

au milieu de sa douleur, ne put réprimer le
désir de voir encore une fois, au moins, de
loin, celui qui lui était si cher. Elle s'approcha de la fenêtre, se cacha derrière le rideau
pour épier son départ de la maison. Après
quelques moments d'attente, la porte s'ouvrit, et un homme que ni ses yeux ni son
cœur ne cherchaient, son fiancé sortit, ferma
la porte avec violence, et, lançant un oblique
et sombre regard du côté de la fenêtre où se
tenait Cordélia, il prit d'un pas précipité, non
le chemin qui conduisait directement au
port, mais celui qui, longeant le rocher des
deux sœurs, allait aboutir dans un endroit
assez isolé, au bord de la mer. Cette singularité ne frappa point d'abord Cordélia, dont
toute l'attention s'était concentrée sur cette
porte qu'elle entendit ouvrir une seconde
fois. Julien parut enfin, ses parents l'accompagnaient, et cette marque d'intérêt fit du bien
au cœur oppressé de la pauvre jeune fille;
elle écoutait avec une joie mélancolique leurs
souhaits de bon voyage; mais que n'eût-elle
pas donné pour entendre encore une fois le
timbre de cette voix chérie, afin que son
oreille attendrie le recueillît avant qu'il s'ex-

halât dans ces lieux pour la dernière fois! Ce
vœu fut exaucé. — Embrassez Olof pour moi,
dit-il, assez haut, en s'éloignant. Ce furent
ses dernières paroles; et il commença à marcher avec rapidité, sans jeter un seul regard
en arrière : pourtant l'œil attentif de Cordélia
crut remarquer qu'il tournait la tête vers
la cîme du rocher où ils s'étaient rencontrés
la veille, et qui s'élevait au-dessus de tous
les autres; cette remarque, en lui prouvant
qu'elle avait sa dernière pensée, remplit son
cœur d'une joie douloureuse. Quand elle
l'eut perdu de vue, elle jeta autour d'elle un
regard sombre et découragé. —Tout est fini,
dit-elle, d'une voix étouffée, et tout a reçu
son accomplissement! Le bonheur s'était ap-
proché de moi en même temps que lui; il a
disparu avec mes propres illusions; il ne me
reste plus pour couronner ma vie, d'ici à la
tombe, que la funèbre couronne de romarin.
En disant ces mots dans toute l'amertume
d'un cœur désolé, elle tomba à genoux devant son lit, et se cacha le visage.

Ses parents, et surtout son père, respec-
tèrent sa douleur. Cependant, au bout de
quelques heures, elle descendit sans être ap-

pelée, et s'occupa, comme à l'ordinaire, des soins domestiques dont elle était chargée ; le combat était terminé, et elle avait vaincu. Toutefois, si cette douloureuse victoire avait brisé son âme, elle avait donné à toute sa personne quelque chose de céleste : aussi parut-elle aux yeux de ses parents plus douce, plus touchante, plus aimable que jamais ; les traces de ses larmes avaient disparu, et si la pâleur de son beau et doux visage était plus frappante que de coutume, du moins sa physionomie était calme. Elle résolut d'accueillir son fiancé avec tranquillité, sans empressement comme sans crainte, et de tâcher d'effacer par sa conduite les fâcheuses impressions qu'il avait reçues du séjour de Julien.

Solland tarda long-temps à paraître, et même il commençait à faire nuit quand il arriva. Il était sombre et soucieux : on eût dit qu'il luttait contre un trouble intérieur. Tantôt il paraissait courroucé, et alors ses yeux bleu pâle s'animaient d'un éclat sauvage ; tantôt il s'efforçait de rire, de parler, et avait une peine extrême à rassembler quelques mots ; puis tout à coup il gardait un morne silence, les yeux fixés sur le plancher, sans

paraître remarquer les regards inquiets qui
s'attachaient sur lui, sans s'apercevoir de sa
propre distraction. Le petit Olof, désespéré
du brusque départ de son cher Julien, voulut lui conter son chagrin ; mais Solland le
repoussa avec dureté. Touchée d'une agitation dont elle s'accusait d'être la cause, Cordélia éloigna son jeune frère, et s'approcha
de son fiancé avec l'intention généreuse de
le calmer. S'il ne se fût présenté à elle sous
cet aspect sombre et irrité, Cordélia, ignorant que la jalousie est la seule maladie de
l'âme que la certitude même ne guérit point,
lui eût peut-être avoué avec candeur son
court et douloureux égarement, et la ferme
résolution où elle était de ne vivre désormais
que pour lui. Mais Solland semblait trop redouter qu'on rappelât le souvenir du fugitif,
pour qu'elle osât en parler ; et l'angélique
douceur de la jeune fille, loin de le toucher,
ne parut exciter en lui qu'une joie brutale et
passionnée ; il la saisit brusquement dans ses
bras. — Ma Cordélia ! s'écria-t-il, en la serrant avec violence sur son sein, à moi ! maintenant à moi, et en dépit de tous les diables
de l'enfer !... N'est-ce pas que tu ne pleures

pas, comme Olof, ce frère tombé du ciel!...
On dit qu'Anna était sa fiancée. Est-il vrai?
continua-t-il, en jetant sur elle un regard
scrutateur.

Cordélia, trop sincère pour le tranquilliser
par un mensonge que son cœur désavouait, répondit en fondant en larmes : — Il la nommait
ainsi quand elle était encore enfant, et maintenant, hélas! il la trouve dans la tombe!....

— Eh bien! qu'il aille l'y chercher, répondit-il avec agitation; mais toi tu es ma fiancée, n'est-ce pas? Non-seulement de nom,
mais de fait! Quand le jour de nos noces
sera-t-il fixé? As-tu encore quelque prétexte
à alléguer? En disant ces mots, il s'efforçait
de sourire, mais sa joie était triste, et son
rire amer.

— Mais il n'est pas question de le retarder,
dit-elle avec un peu d'inquiétude.

A ces mots il la serra d'une manière convulsive; elle voulut se dégager, et en faisant
effort pour retirer sa main, qu'il retenait dans
les siennes, elle sentit quelque chose de froid
et de mouillé. — Qu'est-ce que cela? dit-elle
avec effroi, êtes-vous blessé? voilà du sang!..

—Du sang!.. répéta-t-il avec un trouble visible, impossible!.. Puis, cherchant à reprendre ses esprits : A moins que tantôt, en tra-
versant le bois de sapins, une branche ne
m'ait déchiré le bras... Mais ce n'est rien
qu'une égratignure. Cordélia, inquiète, voulut
voir la blessure.

—Ce n'est rien, reprit-il ; je suis marin et
endurci à la douleur, demain la cicatrice pa-
raîtra à peine.

Il répéta cela en présence des parents, qui
entrèrent dans ce moment. Le receveur avait
invité quelques amis à souper ; il pensait par
là égayer son futur gendre et distraire sa fille ;
il y réussit, du moins en partie : Cordélia, que
la fermeté de son caractère et la sincérité de
ses résolutions élevaient au-dessus de la faiblesse de son cœur, parut, à son ordinaire,
attentive, bienveillante, mais triste et résignée. Pour Solland, s'abandonnant à une
gaîté bruyante, il but coup sur coup une
grande quantité de punch, comme s'il eût
cherché à s'étourdir. Son humeur devint que-
relleuse, et peu s'en fallut qu'il ne sortît des
bornes que lui imposaient son rang, son âge
et les convenances. Les parents de Cordélia

attribuèrent cette conduite à l'espèce d'exaltation que lui avait fait éprouver pendant toute
la journée la présence d'un rival. Le lendemain, le lieutenant parut comme à l'ordinaire; mais si sa pâleur et sa distraction ne
furent point remarquées des parents, elles
n'échappèrent point à l'œil attentif de Cordélia, qui, voyant dans cette dernière disposition l'effet d'une jalousie non apaisée, se
promit de l'en guérir par l'exact et sincère
accomplissement de ses devoirs.

Le receveur, content de la tournure qu'avait
prise cette affaire, et la mère, qui avait tant
craint de voir troubler ses espérances, s'occupèrent alors des préparatifs de la noce,
car la frégate était prête à partir, et le capitaine n'attendait plus qu'un vent favorable
pour mettre à la voile.

Le surlendemain du départ de Julien, les
deux fiancés, dont l'un, que la violence naturelle de son caractère et je ne sais quel
trouble secret rendait ce jour-là plus bruyant
que jamais, tandis que l'autre, tranquille et résignée, ne semblait occupée que de l'importance de l'engagement qu'elle allait contracter, se rendirent à l'église, accompagnés de

la famille et de leurs nombreux amis; ils furent mariés en présence de la plus grande
partie de la population du bourg, accourue
pour être témoin du bonheur d'une jeune
fille que tout le monde chérissait.

Au retour, la maison nuptiale retentit de
chants de joie, de vœux exprimés pour son
bonheur; mais ce joyeux tumulte, loin de
porter dans l'âme de Cordélia cette gaîté qui ac-
compagne ordinairement un jour de noce, la
remplissait au contraire d'une vague tristesse,
comme le sourd pressentiment d'un prochain
malheur. Cependant, sa raison et le noble
orgueil d'avoir enfin accompli son devoir,
l'aidèrent à combattre cette fâcheuse disposition : toutefois, la journée ne se passa point
sans qu'un événement parût devoir justifier
en quelque sorte ses secrètes terreurs.

Au moment de se mettre à table, on ap-
porta une lettre au receveur, qui, fidèle aux
devoirs de sa place, se rendit dans son cabinet pour lire cette lettre et y faire réponse
s'il était nécessaire. Quand il revint, il avait
l'air soucieux, Cordélia le vit parler bas à sa
mère; celle-ci parut frappée d'effroi et tous
deux baissèrent leurs yeux à terre quand ils

rencontrèrent ses regards. Cordélia frémit in-
térieurement sans savoir pourquoi,...et voulut s'approcher d'eux ; mais les joyeux convives ne songeaient point à quitter la place,
et même de toute la journée elle ne put trouver l'instant favorable pour questionner ses
parents ; car le marié, heureux et fier de son
bonheur, ne la quittait pas plus que son
ombre.

Le lendemain, au déjeûner, les parents et le
nouveau couple étant réunis en famille, Cordélia se hasarda alors à demander à son père
la cause du trouble qu'il avait paru éprouver
la veille, en ajoutant que son inquiétude avait
été d'autant plus vive, qu'en le voyant en faire
part à sa mère elle avait deviné qu'il ne s'a-
gissait point d'une chose qui concernât son
état. Le receveur garda un moment le silence,
puis il dit d'un air sombre : — Il faut bien en effet vous l'apprendre, car le devoir de ma place
me prescrit de faire faire des recherches publiques... Je crains, continua-t-il en hésitant,
qu'il ne soit arrivé malheur à Julien :... depuis
trois jours qu'il nous a quittés, il n'a point encore paru à bord de la chaloupe qui devait le
conduire à Christiana.. L'équipage se plaint

de ce que son absence l'empêche de profiter
du vent favorable ; le patron m'écrit pour en-
gager Julien Caudry à presser son départ..
C'est une chose inconcevable, continua le
receveur : il pensait pouvoir atteindre son navire le jour même ; il n'existe qu'un seul chemin pour se rendre à cette partie de la côte,
où il avait, disait-il, laissé sa chaloupe ; ainsi,
d'après les ordres que j'ai donnés hier, nous
saurons aujourd'hui si quelque accident l'a
arrêté en route.

Dès le commencement de ce discours,
Solland avait tenu ses yeux baissés sur son assiette, comme pour dérober à sa jeune épouse
l'impression qu'il éprouvait ; mais à ces derniers mots, il pâlit et se leva précipitamment. Au même instant la mère s'écria : Bon
Dieu ! Cordélia se trouve mal ! En effet, la
jeune femme parut prête à s'évanouir. Solland
hésita un moment s'il irait à elle, ou s'il quit-
terait la chambre. Il céda à ce dernier mouvement, et s'enfuit hors de l'appartement. Le
trouble empreint dans tous ses traits, sa pâleur, cette fuite même, tout frappa d'un affreux pressentiment l'âme de la jeune femme ;
elle se rappela les circonstances qui avaient

accompagné le départ de Julien, le regard
plein de fureur avec lequel Solland avait quitté
la maison, sa physionomie bouleversée et son
humeur sombre à son retour; et tout à coup
elle pensa au sang dont elle avait trouvé la
manche de son habit toute trempée... Il n'a-
vait pas voulu lui laisser voir sa blessure!.. Si
ce sang n'avait pas été le sien!... si... Un horrible soupçon traversa son âme... Lui! son
époux! un meurtrier et l'assassin du cher objet de toutes ses affections!.. Quelque effort
que fît sa raison et son équité naturelle pour
rejeter cette affreuse conjecture, elle prit encore plus de poids par les renseignements qui
parvinrent dans la journée à son père. On avait
visité la côte depuis la ville jusqu'au lieu où
Julien avait dû s'embarquer; personne ne l'a-
vait vu, ni sur le port, ni dans le chemin, il
avait disparu sans laisser nulle trace... A ces
récits, qui tous confirmaient ses soupçons, la
malheureuse Cordélia frémit, mais eut encore
le courage de se taire.

Solland ne rentra qu'à la nuit; il paraissait rêveur et préoccupé; le receveur lui apprit l'inutilité des recherches qu'on avait faites; il ne répondit rien, et Cordélia, quoique

présente, ne put observer sa physionomie,
alors cachée dans l'ombre. Cependant, le
soir, hors d'état de résister au désir d'obtenir une affreuse certitude, elle saisit le
moment où il venait d'ôter son habit, pour
relever la manche de sa chemise jusqu'au
coude...... Il n'y avait pas la moindre trace
de blessure... La jeune femme pâlit, et,
d'une voix concentrée, mais avec le plus
énergique accent, elle dit : Il a disparu !... et
ici point de blessure !...

Solland parut d'abord attéré par ce rap-
prochement ; puis il s'écria avec violence :
— Ah, Cordélia ! la blessure était dans mon
cœur ! Je ne m'étais déchiré que le doigt
avec une épine, vois !... En effet, il lui
montra une écorchure de peu d'importance à la main. Mais la véritable blessure est
encore là...., continua-t-il en désignant son
cœur avec un geste plein de désespoir. J'étais
un malheureux jaloux... Eh ! qui peut toujours être maître de soi ?... Va, crois-moi,
sa disparition oppresse mon cœur d'un
poids énorme... Et, quoique la mort couvre
tout....... — La mort ! répéta Cordélia,
hors d'elle-même, tu l'as donc... ? Elle ne put

achever. — Non, non ! s'écria Solland avec
angoisse, un fâcheux hasard a pu seul.....
Ah, Cordélia ! tu ne connais pas les transports de la jalousie ; tu ne sais pas jusqu'où
peut nous porter le désespoir!.. Mais laissons
cela, ajouta-t-il, en rompant brusquement
l'entretien, laissons cela, je t'en supplie.
Demain je veux aider ton père dans ses recherches.

Ce discours incohérent était empreint
d'une trop funeste lumière pour que Cordélia osât insister davantage. Elle ne doutait
plus de la mort de Julien ; mais son époux
en était-il l'assassin, où l'infortuné jeune
homme avait-il péri d'une manière acciden-
telle ? Dans cette horrible alternative, son
devoir ne lui ordonnait-il pas de cacher ses
funestes soupçons, de dérober sa douleur à
tous les yeux et à ceux de son mari lui-
même.

Plusieurs jours se passèrent, et toutes les
recherches que l'on fit pour retrouver les traces de Julien furent inutiles. On supposa
généralement qu'en côtoyant les bords escarpés de la presqu'île, il était tombé dans la
mer ; et, quoiqu'on n'eût retrouvé aucun in-

dice qui confirmât cette supposition, on s'en
contenta, faute de moyens de s'assurer du
contraire. Pendant qu'on s'occupait de cet
événement, Solland avait lui-même dirigé
les perquisitions avec une apparence de zèle
qui eût touché Cordélia si elle avait pu oublier les étranges paroles qui lui étaient échappées au sujet du sang dont son habit était
taché le jour du départ de Julien. Elle n'o-
sait arrêter sa pensée sur ce souvenir; et
pourtant les recherches qu'il paraissait faire
de bonne foi étaient si fort en opposition avec
ces horribles antécédents, qu'elle ne savait
comment les expliquer. Le receveur ne par-
tageait point l'opinion générale; il pensait
que le jeune homme avait trouvé quelque
moyen de gagner le port de Christiana,
où son navire l'attendait; mais quand, au
bout de quinze jours, il reçut de Christiana
l'avis que le bâtiment du jeune Caudry
avait été obligé de mettre à la voile sans
son pilote, Halfdan en conclut que cette
mystérieuse disparition tenait à la cause
qui avait si brusquement éloigné Julien; et,
sans soupçonner une vérité funeste, il évita
de dire ce qu'il pensait de cet événement, de

peur de renouveler l'impression pénible qu'il avait déjà faite sur sa fille.

Cependant le moment d'une séparation bien douloureuse arriva pour la triste jeune femme. Elle eût vu s'approcher celui de la mort avec moins de terreur. Le monde dans lequel elle allait vivre ne lui offrait rien en compensation de ce qu'elle allait quitter; il lui semblait qu'un rigoureux devoir lui ordonnait de laisser derrière elle tous ses souvenirs, et qu'il lui était interdit d'emporter avec elle cette douleur dont son cœur se nourrissait, et qui lui était devenue si chère.

Elle se rendit au port, appuyée sur le bras de son père. Celui-ci était plus ému qu'il ne l'avait jamais été; sa mère s'efforçait de cacher ses pleurs; mais son jeune frère, affligé de son départ, laissait couler ses larmes sans contrainte ; une grande partie des habitants du bourg était accourue sur le rivage pour prendre congé de l'aimable jeune femme, et en même temps pour être témoin du départ de la frégate, dont la chaloupe devait transporter Cordélia, son mari et la plus grande partie des officiers qui étaient venus à terre. Arrivés au lieu de l'embarquement, le rece-

veur quitta le bras de sa fille, afin de voir si
l'on n'oubliait aucun de ses bagages. Cordélia jeta un regard triste et touchant sur
la multitude rassemblée autour d'elle, et au
premier rang elle aperçut la vieille Amborg,
qui lui souriait tristement et lui faisait de
mystérieux signes de tête. Ce sourire perça
le cœur de Cordélia : la vue de la vieille Norne
lui rappelait tant de choses !... Pourtant elle
s'avança vers elle, et lui dit avec un soupir étouf-
fé : — Adieu, ma bonne Amborg ! adieu !...
La vieille femme, enhardie par ces paroles,
s'approcha plus près d'elle. — Vois-tu, ma
fille, lui dit-elle à demi-voix avec son ancienne
familiarité, que réprimait à peine la vue des
épaulettes du lieutenant, je ne m'étais point
trompée ; j'aurais été te demander quelque
chose pour ma peine ; mais , ajouta-t-elle
plus bas et d'un ton mystérieux, comme j'a-
vais vu la sœur dans le cercueil , mes nouveaux souhaits auraient pu te porter malheur. Voilà pourquoi je ne suis pas venue...
Mais, pauvre enfant, à quoi pensais-tu donc
en lui donnant tes myrtes? Sans doute que
tu auras eu soin de jeter la couronne de romarin?...

Cordélia secoua la tête avec mélancolie.

—Non! reprit la vieille avec effroi; au moins tu ne l'emportes pas avec toi?... Imprudente! ajouta-t-elle, en interprétant le regard de Cordélia, tu veux donc introduire la mort et le deuil dans ta nouvelle demeure? Hâte-toi, il en est temps encore! Jette-la... Mais n'en sépare point les rameaux, afin qu'un malheur ne s'attache point à chacun d'eux... Jette-la tout entière à la mer! Que ce gage de mort soit anéanti!—Il est trop bien serré dans mes coffres, dit Cordélia avec un sourire triste, car elle pensait à la joie amère avec laquelle elle avait elle-même enfermé ce gage douloureux de sa destinée, et qui devait lui rappeler dans le monde tout ce qu'elle avait perdu et tout ce qu'elle abandonnait. Dans cet instant Solland s'approcha d'elle; il avait entendu les derniers mots de la vieille femme. —Qui doit être anéanti? demanda-t-il avec rudesse. — Le mal! répondit la vieille, avec son accent mystérieux. Solland lui lança un sombre regard. Viens, Cordélia! Cordélia, dit-il en l'entraînant, cette femme est folle!

— Oui, le mal!.. Et ceux qui l'ont commis, répéta la Norne à haute voix, tandis

que Cordélia recevait les derniers embrasse-
ments de son père, de sa mère, et de tout ce
qui lui était cher. Adieu, ma douce Cordélia, continua la vieille femme, en la voyant
s'éloigner; joie, bonheur, santé dans ton
nouveau pays! pourvu, dit-elle en se repre-
nant, que les vœux de la pauvre Amborg ne
te soient pas funestes!...

Ces paroles, prononcées avec un accent
plaintif, se perdirent au milieu des cris, des
pleurs et des gémissements des amis de la
jeune femme et du tumulte du départ. Solland arracha son épouse à demi évanouie des
bras de ses parents, la porta dans la chaloupe, et de là sur le navire, et quand elle
revint de son profond accablement, ses yeux
noyés de larmes ne virent autour d'elle que
les eaux et le ciel.

En arrivant à Copenhague, le premier soin
de Solland fut de s'occuper de donner à sa
jeune femme toutes les parures et les objets
de modes qui devaient assurer le triomphe
qu'il se promettait; mais, quoique dans cette
circonstance il eût, comme tous les gens at-

teints de vanité, fait une grande dépense, et
même dépassé ses moyens de fortune, il n'en
retira pas le frivole avantage qu'il s'en était
promis. Cordélia, belle de simplicité et d'innocence, n'avait point ce qu'il fallait pour
réussir dans les cercles brillants où son mari
se hâta de l'introduire. Sa modeste et touchante beauté, qui brillait d'un éclat si pur
et si doux au sein de ses occupations domestiques, était comme obscurcie par ce brillant
entourage. Pour plaire à son mari, elle faisait une toilette qui ne lui seyait point, parce
que son attention, trop rarement portée sur
elle-même, ne pouvait comprendre le sens
de ce mot, *bon goût*, qu'on lui donnait
comme la règle invariable de sa parure.
Elle n'était point ridicule; l'élégance de sa
taille, la grâce, la douceur de ses traits, la
préservaient de ce malheur; mais, au bout
de quelques mois de séjour dans ce monde si
nouveau pour elle, il fut bien reconnu que la
charmante Norvégienne ne serait jamais une
femme à la mode. Cet arrêt fatal fut un dés-
appointement dont Solland ne put se consoler. Cette vanité excessive, qui, plus que
l'amour, avait présidé à son choix, éprouva

encore un autre genre de mortification. Dans
les premiers entretiens qu'il avait eus avec
Cordélia, il lui avait trouvé de l'esprit, de
l'originalité même, et une grâce toute particulière dans l'expression de sa pensée ; mais
alors elle ne lui parlait que des objets qui lui
étaient familiers ou qui intéressaient son
cœur : tels que les récits de ses jeunes années,
son amour pour sa sœur, les joies paisibles de
sa jeunesse ; aujourd'hui, cet esprit juste, ce
caractère un peu grave, ce cœur profondément sensible ne pouvaient se mettre au ton
léger et facile de la conversation du jour ;
dans les cercles les plus animés Cordélia ne
trouvait jamais rien à dire. Un motif plus
douloureux que l'insipidité de ces frivoles entretiens, contribuait encore à la rendre silencieuse : c'était alors la mode d'introduire dans le langage familier une grande
quantité de mots français. Cet idiôme était
celui de Julien ; l'oreille de Cordélia, sans
le comprendre parfaitement, en était douloureusement frappée ; il lui rappelait son
enfance, l'ami qu'elle avait perdu et tout
ce que cette perte avait emporté de bonheur.
En entendant ce langage si doux dans la bou-

che de Julien, mais rudement articulé par
des bouches danoises, son cœur se serrait
involontairement, elle oubliait tout ce qui
l'entourait, et tombait dans une rêverie profonde, jusqu'à ce que son mari, irrité de ce
qu'il appelait sa *maussaderie*, l'en tirât brusquement par quelques reproches piquants ou
la reconduisît chez elle.

Des essais réitérés convainquirent enfin
Solland qu'il était inutile d'attendre de sa
femme ce que la nature de son caractère et de
son éducation l'empêchaient d'acquérir, l'esprit et l'usage du monde. La douceur de ses
manières, la parfaite égalité de son humeur,
son amabilité constante envers un mari violent, fantasque et toujours mécontent; l'ordre qu'elle avait su établir tout de suite dans
sa maison; l'économie bien entendue qu'elle
savait tenir aux goûts de son mari, pour le
luxe et la dépense, rien ne put lui faire trouver grâce devant cet homme frivole et si peu
digne de la posséder. Elle n'avait point brillé
dans ce monde qu'il regardait comme l'arbitre
de sa destinée; alors il perdit toute espèce de
considération pour elle, et six mois n'étaient
pas encore écoulés, que celle qui n'eût laissé à

un homme de mérite aucun vœu à former, en-
courut, par l'effet de ses vertus mêmes, sinon
la haine, du moins le mépris de son mari. La rudesse de ce dernier, long-temps mal déguisée,
se montra enfin tout entière; son amour, ou
plutôt le sentiment grossier auquel il avait
donné ce nom, et que la vanité seule avait
fait naître, s'éteignit dès que cette dernière
n'eut plus d'aliment; seulement, aux yeux
des étrangers, et par amour-propre, il con-
serva quelques apparences; mais, dans son
intérieur domestique, on l'eût bientôt vu se
livrer à ces emportements scandaleux qui ca-
ractérisent les mauvais ménages, si l'angélique douceur de Cordélia et sa patience céleste ne lui en eussent fait éviter toutes les
occasions.

Ce sort, si triste pour une jeune femme
habituée jusqu'alors à être aimée et considérée de tout ce qui l'entourait, grâce à la
force de son caractère et à la disposition mélancolique de son esprit, n'eut pas sur Cordélia une influence aussi funeste qu'on eût
pu l'imaginer.

L'espèce d'égarement passager auquel elle
avait livré son cœur, égarement dont la suite

avait été si funeste , car elle lui attribuait
uniquement la mort de Julien, lui semblait
exiger une expiation, et cette sévère justice
qu'elle exerçait envers elle lui faisait regarder sa vie douloureuse, ses espérances trom-
pées , cette existence morne et décolorée ,
comme une inévitable conséquence d'une première faute. Les idées superstitieuses qu'elle
avait sucées avec le lait, et dont elle n'avait jamais appris à se garantir , venaient encore ap-
poser comme un sceau fatal à sa triste destinée.
N'avait-elle pas échangé la riante couronne,
symbole de vie, d'amour , de bonheur, contre le sombre emblême du deuil, de la haine
et du désespoir ? Comme une victime résignée, elle marchait vers le but que la couronne de romarin semblait lui désigner ;
toutefois ce n'était point lâchement qu'elle
accomplissait ce long et douloureux sacrifice. Fidèle surtout au serment qu'elle avait
fait à Julien au moment de leurs adieux, elle
remplissait les devoirs qui lui étaient impo-
sés dans leur plus rigoureuse étendue ; tout
entière à ses nouveaux engagements , elle
avait cherché à bannir de sa mémoire un
trop cher souvenir , et quelquefois elle croyait

y avoir réussi. Jamais le nom de Julien ne
sortait de ses lèvres, et jamais il n'en était
fait la moindre mention dans ses lettres à
ses parents, quoique celles de ces derniers
continssent quelquefois des allusions qui, en
dépit d'elle, troublaient la jeune femme jusqu'au fond de l'âme : et pourtant, malgré ses
vertueux efforts, la malheureuse Cordélia ne
pouvait s'empêcher de penser à l'ami de son enfance, surtout quand son mari, dans ses moments d'humeur, ce qui arrivait fréquemment, regrettait avec amertume les avantages auxquels il avait renoncé pour la posséder; jusque là qu'il osait même ajouter avec
une insultante ironie, qu'avec son nom et
son grade il aurait pu faire un mariage avan-
tageux à sa fortune et à son avancement, et
ne concevait pas comment il avait pu se laisser séduire par la beauté insignifiante d'une
femme qui ne savait pas même tirer parti de
son peu d'avantages. Toujours humble et
soumise, Cordélia convenait en soupirant
qu'elle était bien peu faite pour le rôle brillant que son mari lui avait destiné; mais alors
le souvenir des paroles de Julien se réveillait
avec force au fond de son cœur ; et, sans le

vouloir, la comparaison du sort qu'il lui avait
offert et de celui qui était maintenant son
partage, se peignait à sa pensée sous des couleurs si vives, que souvent le repos de son
âme en était troublé. Cependant son inal-
térable douceur conjurait de temps en temps
l'humeur atrabilaire de son mari. Solland
lui-même quelquefois, sans reprendre pour
sa femme ses premiers sentiments, paraissait touché de cette patience qui ne se
démentait pas un seul instant; et plus d'une
fois il se surprit lui-même à chercher près
d'elle, et dans la douceur de son entretien,
un soulagement aux sombres accès de mélancolie dont il était souvent atteint, et contre
lesquels, la plupart du temps, les distractions du grand monde étaient sans pouvoir.
Il y avait plus d'une année que Cordélia était
à Copenhague lorsqu'elle devint grosse, et
donna enfin un fils à son mari. Solland parut ravi d'être père, et l'enfant chéri eut une
part égale aux caresses des deux époux. La
joie de la tendre mère fut cette fois pure et
sans mélange. L'amour que Solland témoignait à son fils cicatrisa toutes les plaies de
son cœur. Dès ce moment, ses nouveaux de-

voirs lui parurent doux et faciles à remplir ;
ce cœur si tendre et si aimant pouvait - il
ne pas s'attacher avec passion à cet objet
auquel elle allait devoir l'unique bonheur,
la seule espérance de sa triste vie ? Son
mari lui paraissait maintenant plus tendre,
plus doux ; il la traitait avec plus de ména-
gement, et la vue du berceau de son fils
semblait contenir son humeur impétueuse.

Mais au bout de quelque temps, cette tendre affection parut se refroidir graduelle-
ment, et prit peu à peu tous les caractères
de l'aversion la plus prononcée ; un feu sombre s'allumait dans ses regards à mesure qu'il
les fixait sur ceux de son fils ; et un jour qu'il
avait passé quelques minutes à cet examen,
il poussa soudain un horrible éclat de rire, re-
jeta l'enfant avec violence dans son berceau et
s'enfuit hors de la chambre. Cordélia s'approcha du berceau, prit l'enfant, le serra sur
son sein avec une extrême tendresse ; et, le
plaçant sur ses genoux, elle chercha dans ses
doux regards la consolation que le cœur des
mères puise toujours dans la vue de leurs enfants ; mais tandis qu'elle était absorbée dans
cette douce contemplation, qui pour elle avait

un charme irrésistible, elle remarqua tout à
coup, et pour la première fois, que les yeux
de son fils, loin d'être bleus comme les siens,
ou d'un gris pâle comme ceux de son père,
étaient grands, noirs et brillants... Une pensée terrible frappa soudainement son cœur;
c'étaient les yeux, c'était le regard de Julien!...
Bien plus, à mesure que la mère, épouvantée,
examinait les traits à demi formés du petit
ange, elle y retrouvait avec délice, avec terreur, une frappante ressemblance avec ceux
du malheureux jeune homme. Le transport
jaloux auquel venait de se livrer son mari,
lui attestait cette funeste vérité dont sa raison
voulait douter encore, en dépit peut-être de
son cœur. Le ciel l'a voulu! se dit-elle enfin,
en se résignant à tout ce que cette mystérieuse
ressemblance allait ajouter de tourments à sa
vie, déjà si malheureuse; puis, serrant l'innocente créature sur son sein agité d'un trouble
mêlé pourtant d'une inexprimable douceur:
— J'oserai du moins t'aimer, se dit-elle, et
t'aimer doublement!..

Toutefois, depuis ce jour, elle s'abstint, devant son mari, de témoigner trop vivement
sa tendresse à cet enfant, qui réveillait en elle

un souvenir si doux et si cruel ; ses regards
suivaient avec une inquiétude mortelle tous
les mouvements de son mari lorsqu'il s'approchait du berceau de son fils, et son cœur
s'oppressait d'une affreuse angoisse quand il
le prenait dans ses bras. Cette terreur, dont
elle ne savait pas toujours réprimer l'expression, n'échappait point à Solland ; un injurieux soupçon perçait alors dans le regard
scrutateur qu'il jetait tantôt sur l'enfant,
tantôt sur la mère. Dans de tels moments,
la pauvre jeune femme se sentait défaillir ;
elle sentait aussi que la plus légère, la plus
innocente remarque de sa part augmenterait
encore cette fâcheuse disposition de son mari,
et peut-être pourrait le porter à quelque horrible excès ;..... et, frémissante, s'efforçant de
sourire, elle reprenait l'enfant pour la vie duquel elle avait tremblé...

La patiente et douce Cordélia dévora encore cette peine nouvelle : elle garda le silence, et mit tout en œuvre pour dissiper les
sombres nuages qui s'amassaient chaque jour
dans l'esprit de Solland ; mais elle ne tarda
point à s'apercevoir de l'inutilité de ses efforts. Bientôt des allusions pleines d'amer-

8

tume, quoique déguisées avec soin, bles-
sèrent jusqu'au vif ce cœur si pur, et le dé-
tournèrent de nouveau du sentiment qu'il
cherchait à conserver intact, malgré les in-
justices de celui qui en était l'objet. Seulement, Cordélia s'étonnait que la violence naturelle de son mari ne le portât pas à expri-
mer hautement le secret venin qu'il avait dans
l'âme; on eût dit qu'une puissance surhumaine
comprimait sa fureur et l'empêchait d'en
nommer le triste et fatal objet. En même
temps, il était évident que depuis le jour où
le soupçon était en quelque sorte avéré à ses
yeux, une joie sauvage s'était emparée de
toute son âme; car, maintenant il se sentait
le droit de haïr à l'excès celui dont le nom ne
passait jamais ses lèvres.

Jusqu'alors, Solland, dont la famille occupait un rang distingué dans la société de
Copenhague, avait vu le monde et fréquenté
les brillantes réunions. Tout à coup il rompit
toutes ses relations, se refusa à toute invitation de plaisir, et, pour nourrir son humeur
sombre et atrabilaire, s'adonna bientôt à un
genre de distraction plus conforme peut-être
à la grossièreté de ses goûts, mais qui ne

tarda point à détruire sa santé : il se livra à
la boisson, et les excès dont il ne pouvait pas
toujours cacher les suites, contribuèrent beaucoup à lui nuire dans l'opinion publique, et
à lui ôter la confiance de ses chefs.

Au bout de quelque temps, Cordélia devint grosse pour la seconde fois; ce nouveau
gage de bonheur domestique parut d'abord
influer, quoique bien faiblement, sur la conduite de Solland; mais cet espoir d'un meilleur sort fut de peu de durée pour la triste
Cordélia. Elle mit au monde une fille, et elle
eut la douleur de voir l'amour paternel qui
s'empressait d'accueillir ce nouvel objet d'affection, reculer avec effroi devant les yeux
noirs et le fatal regard de cette petite créature, dont tous les traits, à mesure de leur
développement, lui rappelaient ceux d'un objet détesté. Toutefois, cette mystérieuse ressemblance ne produisit pas sur Solland le même effet. Loin de se livrer à cette gaîté amère,
insultante, qui avait si douloureusement blessé
le cœur de Cordélia lors de la naissance de son
premier enfant; en examinant celui-ci, une
extrême pâleur se répandit sur le visage de
Solland, et il parut saisi d'une secrète angoisse,

mêlée à un profond étonnement. Depuis cette
époque, il se fit aussi un grand changement
dans sa conduite. Il quitta les sociétés bruyantes où il avait jusqu'alors cherché des distractions; il se renferma dans l'intérieur de sa
maison, comme s'il se fût volontairement
condamné au silence et à la retraite ; et pour
la première fois de sa vie, peut-être, car il
n'avait point d'instruction, il eut recours à la
lecture pour combattre le sombre ennui qui
le dévorait. Son peu de jugement et ses goûts
frivoles le portèrent à préférer la lecture des
romans, qu'il dévorait sans choix, sans mesure, et aussi sans trouver dans ce passetemps
le soulagement qu'il y cherchait. Une sorte de
misantropie, entretenue par le trouble de son
âme, par cette vie peu en rapport avec ses habitudes ordinaires, s'empara de lui, et le rendit tout-à-fait incapable d'obtenir aucun avancement dans sa carrière militaire; des années
se passèrent, on fit de nouvelles promotions,
et Solland fut oublié.

Sa conduite envers sa femme était amicale
à sa manière; il n'avait plus les emportements
qui, au commencement de son mariage,
avaient tant de fois bouleversé le cœur de sa

douce compagne ; c'était un homme effacé.
Quant à ses enfants , et il en avait maintenant quatre, il semblait n'éprouver pour eux
que de l'aversion; leurs caresses lui étaient
désagréables; il les recevait avec une répugnance visible, et le plus souvent cherchait à
s'y soustraire. Les deux plus jeunes portaient,
comme leurs aînés, la mystérieuse et fatale
ressemblance qui l'avait déjà si violemment
frappé. A la naissance du dernier , cette impression fut plus terrible encore; il en résulta
même une sorte de dérangement dans les facultés mentales de Solland ; il renonça aux
lectures frivoles , et s'appliqua tout à coup à
celle des livres ascétiques et de haute dévotion ; il cessa de boire et jurer comme il en
avait l'habitude; et il est vraisemblable que,
s'il n'eût été retenu par un reste de considération pour sa famille, il se fût jeté dans un
cloître.

Cette conduite et ce changement dans le caractère d'un homme si violent inspirait à
Cordélia une pitié tendre et profonde ; et ,
quoique tous ses efforts pour apaiser cette
âme troublée , pour consoler cet esprit malade , fussent à peu près sans résultats , sa

douceur, sa patience, sa tendresse ne se dé-
mentaient .pas un seul instant. Et certes ,
c'était une grande magnanimité à elle d'agir
de la sorte ; car si, à force de vertu, de courage, elle avait pu ensevelir au fond de son
cœur l'horrible soupçon qui avait empoisonné
sa vie dès le premier jour de son mariage,
mille circonstances venaient à chaque instant,
stant, comme autant de traits de lumière,
lui révéler l'affreuse vérité , et jeter un effroi
continuel dans son âme. Elle trouvait dans
les livres de piété dont son mari nourrissait
sa sombre dévotion , des passages marqués
où le pécheur invoquait la miséricorde céleste, le pardon *d'un grand crime, d'une action sanglante.* Quelquefois elle entendait son
mari soupirer et gémir, comme accablé sous
le poids de l'angoisse et du remords.

D'autres fois , elle le voyait tressaillir à la
vue de ses enfants , comme si leurs traits
naïfs, leurs doux visages lui eussent rappelé
de funestes souvenirs ; elle-même ne songeait point sans effroi à la singulière ressemblance de ces innocentes créatures avec le
malheureux Julien. Devait-elle y voir un effet de la préoccupation de son propre cœur,

tout entier encore, à son insu, au premier objet de sa tendresse? Alors, c'était donc elle qui
était coupable, ou bien, et cette pensée oppressait son cœur d'un poids énorme, une
implacable destinée l'avait-elle condamnée
à servir en quelque sorte d'instrument à la
justice et à la vengeance célestes?... Ces deux
questions, qu'elle se faisait sans cesse, achevèrent de bannir le reste de paix qu'une
conscience pure avait jusque-là retenu dans
son âme. Les idées les plus fantastiques, les
rapprochements les plus douloureux vinrent
affliger son esprit, trop accessible aux idées
superstitieuses de sa famille et de sa patrie.
Souvent, lorsqu'une indisposition ou une
maladie de leur âge menaçait ses enfants, et
qu'elle veillait près du berceau de l'un d'eux,
son imagination, facile à émouvoir, croyait
entendre un faible et lointain gémissement.
Une fois même que, dans une de ces occasions, elle s'était sans doute endormie de
fatigue et d'épuisement, elle vit ou crut voir,
car elle ne sut jamais si elle dormait ou si elle
veillait, elle vit la figure vaporeuse de sa sœur
planant au-dessus des berceaux de ses enfants endormis, et tenant dans ses mains

une couronne de romarin qu'elle effeuillait lentement sur chacun d'eux. Dans ce moment d'une inexprimable angoisse, il lui semblait que ces chers objets de sa tendresse ne lui appartenaient déjà plus, que l'habitante de la tombe les réclamait comme sa propriété, et qu'elle était destinée à se les voir enlever l'un après l'autre. En s'éveillant elle pleura amèrement. Devait-elle attribuer cette espèce de vision aux remords secrets de sa conscience, qui s'alarmait souvent de trop aimer ces vivantes images de celui qui lui avait été cher?... ou fallait-il en rechercher la cause dans l'union fatale qui l'enchaînait à un homme coupable d'un meurtre? Mais son âme généreuse rejetait bientôt cette idée; cet homme n'avait-il pas reçu sa foi?... Devait-elle, malgré l'horreur qu'elle éprouvait à la pensée de son crime, le laisser se débattre contre les remords vengeurs qui empoisonnaient sa vie?... Et si, malgré ces apparences, elle lui faisait tort? s'il n'était pas coupable?... Ce bienfaisant espoir, en dépit de sa conviction, ranimait quelquefois son courage ou lui rendait des forces pour souffrir encore.

La fin de la septième année de son mariage

fut marquée par la naissance d'un fils qui, de
même que ses frères, ne parut devoir ressem-
bler ni au père ni à la mère, et dont les traits
portaient plus que jamais la redoutable ressemblance. Solland s'était abstenu, pendant
les premiers jours, de le regarder; il semblait
redouter et vouloir retarder l'instant où il ferait cette funeste découverte. Pourtant un
matin il s'approcha du nouveau-né, et son
regard inquiet, furtif, l'eut à peine envisagé
que Cordélia le vit pâlir, repousser l'enfant
avec un mouvement d'horreur, et s'éloigner
du berceau précipitamment.

Dans ce moment d'une inexprimable douleur, la malheureuse mère se pencha sur le
berceau de l'enfant, que l'injuste aversion de
son père lui rendait encore plus cher; et,
entraînée par l'émotion douloureuse qui la
maîtrisait, elle dit : —Il est singulier que cet
enfant ressemble aussi à mon pauvre frère,
disparu d'une manière si. . . Elle s'interrompit,.. mais elle en avait trop dit pour en rester
là; et, obéissant à une impulsion irrésistible,
elle ajouta vivement : — Peut-être veut-il par
là nous rappeler son souvenir; jusqu'à présent nous avons appelé nos enfants du nom

de nos parents ; ne voulez-vous pas, pour apaiser ses mânes irrités, nommer celui-ci Julien?... — Femme! s'écria Solland hors de lui, où tend ce discours? veux-tu donc me précipiter tout vivant dans l'enfer?.. Et il s'enfuit hors de la chambre.

Une douleur aiguë traversa de nouveau l'âme de Cordélia; c'était la millième fois que ses soupçons recevaient une nouvelle confirmation. Elle ne tarda point à se repentir de son indiscrétion, car ce jour même une fièvre violente saisit son mari, et pendant plusieurs semaines il fut entre la vie et la mort. Tant que ses forces le lui permirent, la tendre épouse ne quitta point le pied de son lit ; et ses soins assidus le rappelèrent enfin à l'existence. Il ne fut jamais fait mention de ce qui s'était passé ; mais depuis ce temps une nuit plus sombre encore couvrit son âme.

Il y avait long-temps qu'il remplissait avec tant de négligence les fonctions qui lui étaient confiées, que ses chefs, qui, du reste, avaient peu d'estime pour ses talents, ne l'employaient plus dans aucune expédition ; et, sans l'intérêt qu'inspirait sa nombreuse famille, on l'eût peut-être destitué. Il croupit donc dans l'in-

action et la paresse , qui , jointes au trouble
de sa conscience, achevèrent de lui ôter toutes les ressources de son esprit.

Cette humeur sombre et mélancolique rendait l'intérieur de leur maison infiniment triste,
et en écartait le peu d'amis que la grâce et les
qualités aimables de la jeune femme eussent
attirés près d'elle , mais que le caractère à la
fois violent et maussade du mari repoussait.
A cette époque, Olof, le jeune frère de Cordélia, vint à Copenhague pour suivre les cours de
l'université. Le départ de Cordélia et l'étrange
et mystérieuse disparition de son ami Julien avaient disposé l'âme du jeune homme à une gravité peut-être au-dessus de son
âge, mais qui annonçait la maturité de son
esprit. Quoiqu'il vînt avec l'intention d'habiter la maison de sa sœur, il avait contre
son beau-frère d'invincibles préventions ;
mais ce qu'il vit dépassa bientôt toutes les
craintes qu'il avait conçues. C'est pourquoi il s'attacha avec une tendresse plus vive
encore à la pauvre Cordélia, qui lui parut
un ange souffrant, et à ses aimables enfants, que l'aspect sévère de leur père semblait rendre craintifs et malheureux. Les brus-

queries, les caprices, le ton constamment
impérieux de son beau-frère, devenu vieux
et grondeur avant l'âge, rien ne lui échappa;
et son caractère franc, loyal, ne vit dans la
tranquille obéissance de sa sœur pour un mari
qu'elle ne pouvait ni aimer ni estimer, que
l'abaissement d'un être supérieur.

Il se tut, mais il résolut d'être désormais
son gardien, son consolateur, et peut-être
plus tard son conseil et son appui. Trois ans
se passèrent ainsi. Olof avait terminé ses étu-
des; mais la consolation que sa présence pro-
curait à sa pauvre sœur, les soins qu'il donnait à l'éducation de ses chers enfants, l'en-
gagèrent à prolonger son séjour dans la maison de son beau-frère. Durant ce temps, il
avait pris une part trop active aux chagrins
de Cordélia pour n'avoir pas obtenu sa
confiance. Ce cœur, qui, depuis si long-
temps, renfermait en soi toutes ses douleurs,
ne put résister à la tendresse fraternelle ; et
si, doucement interrogée par lui, Cordélia
ne lui dit rien, elle lui laissa tout deviner.
Olof avait aussi remarqué la singulière ressemblance des enfants avec l'ami de sa jeunesse. Il n'était pas rare que, dans ses en-

tretiens particuliers avec sa sœur, il tournât
la conversation sur Julien et sur son inconcevable disparition. Une fois qu'il lui faisait
quelques questions à ce sujet, Cordélia, vaincue par l'émotion que lui causait toujours ce
souvenir, laissa échapper à moitié le terrible
secret qu'elle croyait seule posséder... Olof,
effrayé de la lumière subite que ce peu de
mots répandait sur cette ténébreuse affaire,
n'en demanda pas davantage, et le silence
de Cordélia lui en apprit plus qu'une confidence plus complète.

Quelque temps après il alla visiter ses parents en Norvége, et là ce triste souvenir fut
encore ravivé par la vue des lieux et des circonstances extérieures. Dans une conversation avec ses parents, il leur confia les chagrins secrets de sa sœur; il exprima la crainte
qu'un duel, ayant lieu entre Solland et Julien, eût décidé du sort de ce·dernier.
Cette vague supposition fut pour Halfdan
comme un trait de lumière; il avait eu déjà
une idée semblable, mais il l'avait toujours
repoussée avec horreur; cependant cette fois,
il déclara hautement que, dans sa manière de
voir, il ne considérait un duelliste, et surtout

celui qui le serait pour satisfaire une passion, que comme un assassin, et il ajouta,
avec chaleur, que si Solland avait commis un
un tel crime et qu'il fût capable de le cacher, nulle considération ne pourrait l'empêcher d'arracher sa pauvre fille des mains
du meurtrier. Il eut ensuite de longs et secrets entretiens avec son fils sur ce sujet; et
lorsque celui-ci fut de retour dans la capitale,
son regard pénétrant s'attachait avec une expression indéfinissable sur ce couple si mal
assorti; et souvent, quand il se trouvait seul
avec son beau-frère, il savait, par un mot
détourné, mais puissant, le faire tressaillir,
et il goûtait une joie amère à jeter ainsi le
trouble et la confusion dans cette conscience
coupable.

Il en résulta que Solland, irrité et blessé
tout à la fois, sentit dans son âme un surcroît d'aversion pour Olof, que, du reste, il
n'avait jamais aimé. Cette disposition mu-
tuelle de leurs esprits en vint au point que
Cordélia, habituée à faire toute espèce de sacrifices, se vit forcée de dire à son frère de
chercher une autre demeure; et ses larmes
coulaient en lui faisant cette prière. Olof, le

cœur déchiré et mécontent de lui, car il avait,
par son imprudence, imposé cette nouvelle
privation à sa sœur, s'apprêta à quitter sa
maison, lorsqu'un événement public vint donner une autre direction à ses pensées ainsi qu'à
celles de son beau-frère.

Le Danemarck se vit engagé dans une
guerre imprévue avec l'Angleterre, et une
flotte de cette puissance s'approcha à l'impro-
viste de la capitale. Tout ce qui était en état
de défendre la patrie courut aux armes ; on
rappela les militaires à leurs postes ; on arma
la bourgeoisie pour le service intérieur, et le
jeune Olof fit partie de la milice destinée à
garder les remparts. Ce grand mouvement,
qui animait alors tous les esprits, produisit
aussi son effet sur le mélancolique Solland,
qui, au premier bruit de l'invasion, sortit de
son apathie accoutumée. Quelques anciens
vaisseaux de guerre, qui ne pouvaient être
assez promptement appareillés pour un combat en pleine mer, furent disposés à la hâte
pour servir de batterie flottante, et soutenir
la première attaque de l'ennemi. Le capitaine Solland, car les années lui avaient enfin
acquis ce grade, fut nommé commandant en

second de l'une de ces frégates. Malgré l'extrême promptitude avec laquelle on prit ces
dispositions, le peu de confiance qu'inspirait
Solland fit qu'on lui adjoignit des hommes
d'un courage éprouvé. Le chef de la batterie
établie sur le navire était le plus brave entre
les braves, et tout l'équipage, par l'absence
d'officiers de marine royale et l'urgence du
moment, se composait de capitaines et de
pilotes tirés de la marine marchande, dont
les matelots devaient se porter successivement, et avec un grand zèle, aux points at-
taqués, pour remplacer ceux qui succombe-
raient dans ce mémorable et sanglant combat.

A l'approche de cet événement, qui, d'a-
près le code de la guerre, devait être regardé
comme une violation manifeste du droit des
gens, Solland parut recouvrer tout l'esprit et
le courage de son état; sa nonchalance, sa
timidité disparurent, et, avec toute l'activité
de ses jeunes années, il courut à son poste.
La gravité des circonstances bannit de son
esprit tout fâcheux souvenir. L'héroïsme qui
animait toutes les classes de sa ville natale
pénétra son cœur, fermé depuis si longtemps

à toute émotion généreuse, et ce fut de sang-
froid et presque avec joie qu'il entendit le
bruit solennel du canon de l'escadre ennemie,
qui s'approchait. Au début de l'action, la batterie flottante où il commandait fut exposée
à un feu terrible; les morts tombaient autour
de lui, et les éclats des poutres qui formaient
les défenses causaient presque autant de ra-
vage parmi sa troupe que les boulets ennemis.
Dès le commencement de la bataille le lieutenant avait succombé, circonstance qui rendait l'activité de Solland plus nécessaire que
jamais. Vers midi un boulet renversa à ses
côtés le chef de la batterie. Solland, selon
l'usage, en prit aussitôt le commandement;
mais, presque au même instant, une bombe
frappa le grand mât, brisa la vergue au haut
de laquelle flottait le pavillon national, qui
vint en tournoyant tomber à ses pieds. A
cette vue, le capitaine pâlit; il essaya de relever le pavillon, mais la voix du commandement expira sur ses lèvres; et tandis que de
jeunes officiers accourus autour de lui s'effor-
çaient de lui arracher le pavillon qu'il retenait, d'une main tremblante, pour le hisser
de nouveau au haut du·second mât, on l'en·

tendit murmurer avec un découragement qui
fut d'autant plus remarqué qu'un généreux
enthousiasme animait toute cette jeunesse :
— Assez! assez! c'en est fait! toute résistance
est vaine ; je me rends....

— Lâche ! cria d'une voix terrible un jeune
officier, en lui arrachant violemment le pavillon, ne souille pas plus long-temps les
couleurs sacrées! Au même instant, le pavillon, rattaché à la corde qui pendait du
haut de la vergue, remonta avec lenteur et
majesté dans les airs. A ces paroles et à cette
vue, Solland jeta un regard effaré sur celui
qui avait commandé cette manœuvre, poussa
un grand cri, se couvrant le visage de ses
deux mains, et tomba sur le pont, comme
privé de sentiment — Il faut qu'une balle
l'ait frappé, dirent ceux qui se trouvaient
près de lui. Un sourire plein de mépris contracta les lèvres du jeune homme qui avait
relevé l'étendard. — Emportez-le ! dit-il, à
quelques matelots, il n'est pas mort... Puis,
se tournant rapidement vers les artilleurs:
— A vos pièces, compagnons! cria-t-il d'une
voix forte, nous n'avons point de temps à
perdre! Canonniers, pointez plus bas! pi-

lote, à moi la barre! manœuvrons à gauche,
l'ennemi faiblit de ce côté; que notre feu ne
s'arrête point! J'entrevois pour nous la victoire! En effet, ranimé par son exemple et
ses discours, tout l'équipage fit de nouveaux
efforts, et au bout d'une demi-heure, les
frégates ennemies qui pressaient la flottante
redoute, commencèrent à s'éloigner, et bientôt le signal du vaisseau amiral fit cesser le
feu et annonça la fin du combat.

Aussi prudents après le danger que braves
pendant la bataille, les jeunes officiers que
la mort avait épargnés s'occupèrent des
moyens de transporter les blessés à terre;
Solland était toujours étendu sans connaissance : la pâleur de la mort couvrait son
visage, mais aucune blessure, aucune trace
de sang même n'annonçait la cause de cet
état, et chacun secouait la tête avec surprise. Lorsqu'il fut sur le rivage, il parut donner quelque signe de vie, et, tous les secours
lui ayant été prodigués, il revint à lui en
poussant un profond soupir. Mais son regard troublé, plein d'effroi, errait autour de
lui, sans se fixer sur aucun objet; une expression indéfinissable de honte et de terreur

confirma les assistants dans l'idée que Solland avait réellement cédé à la peur. Aux
nombreuses questions qu'on lui adressa, il
ne fit que des réponses brèves, pleines de
trouble et presque incompréhensibles ; on
s'occupa de le faire transporter immédiatement dans sa maison.

Cordélia, déjà préparée à l'idée que Solland pourrait être blessé, s'était assurée les
soins d'un chirurgien habile : dans cette publique calamité, elle avait oublié le malheur
de sa propre situation. Depuis le moment où
Solland s'était éloigné d'elle pour aller remplir les nouveaux devoirs qui lui étaient assi-
gnés, elle avait paru vivre moins pour ses
enfants que pour sa patrie ; et, de même que
toutes les femmes damoises à cette époque,
elle avait ouvert ses coffres et ses armoires de
réserve pour le service des hôpitaux ; ce fut
donc avec plus d'orgueil que d'effroi qu'on
lui apprit qu'on lui rapportait son mari *sur
son bouclier.*

On peut penser quel fut son étonnement,
ainsi que celui du médecin, quand, après
l'examen, on ne découvrit aucune blessure, ni
même la plus légère contusion sur les membres

de cet homme, qui, par l'entier abandon des
facultés de son corps et de son esprit, semblait
prêt à rendre le dernier soupir ; son regard
était fixe et hagard , et ses réponses aux questions du médecin pénibles et embarrassées.
Lorsque celui-ci, secouant la tête d'un air
pensif, l'eut quitté , il leva lentement ses
yeux affaiblis vers sa femme , et dit, en lui
pressant les mains : — J'avais espéré mourir, Cordélia !... et maintenant je tremble
également devant la mort et devant la vie !...
Oh, sauve-moi, Cordélia ! sauve-moi du dés-
honneur , de l'infamie ! En disant ces mots,
le malheureux se tordait les mains avec désespoir.

Cordélia ignorait complétement ce qui s'é-
tait passé ; incertaine d'ailleurs s'il avait bien
repris ses sens, elle chercha à lui inspirer du
courage et à le consoler ; mais l'action hon-
teuse dont le souvenir troublait ainsi son
mari ne devait pas rester long-temps inconnue ; bientôt elle devint l'objet des bruits les
plus injurieux à son honneur; et comme
malheureusement deux ou trois autres officiers avaient aussi donné un grand exemple de lâcheté en abandonnant leur poste,

cette circonstance rendit l'affaire de Solland
plus grave. Cela en vint à un tel point que ses
chefs se crurent obligés de prendre quelques
mesures à cet égard.

Le soir, Olof, se trouvant avec ses compagnons d'armes, chacun parlait avec orgueil
des faits de cette mémorable journée. Quel-
ques-uns d'entre eux, qui se prétendaient
bien instruits de l'événement qui avait failli
un instant livrer à l'ennemi la redoute la plus
importante, par la lâcheté de l'officier qui
la commandait, racontaient devant Olof la
fatale aventure de Solland dans tous ses détails. Le fier et courageux jeune homme,
bien loin de soupçonner que l'homme dont
on parlait avec tant de mépris, fût son beau-
frère, renchérit encore sur ce que ses camarades disaient d'une telle action ; et, à son retour
à la maison, il s'empressa de conter à sa
sœur ce qu'il avait appris. Ce récit fit mal à
Cordélia ; elle y voyait un secret rapport avec
l'étrange situation de son mari, et que confirmaient encore les mots de honte, d'infamie, qui lui étaient échappés ; mais elle ne
pouvait se persuader que Solland fût un lâche : elle l'avait vu plus d'une fois donner

des preuves non équivoques de courage et de présence d'esprit. Elle suspendit encore son jugement ; et, en retournant auprès du lit où la rappelait son devoir, elle s'efforça de chasser le sombre nuage que ces pensées chagrines avaient amassé sur son front.

A la morne stupeur qui avait jusqu'alors accablé le malade, avait succédé l'agitation d'une fièvre violente, qui, sans le priver de sa raison, exaltait les forces de son corps. En voyant entrer sa femme, il se souleva de son lit, et dit avec agitation : — Eh bien !... Olof est-il de retour ? A-t-il entendu dire quelque chose?.. Parle-t-on de moi dans la ville?...

Cette question fit tressaillir Cordélia. — On parle beaucoup d'un officier qui, par un étrange oubli de ses devoirs, a pensé compromettre le succès de la journée, dit-elle à voix basse. Un cri douloureux, que son mari étouffa dans ses oreillers, arrêta sa parole sur ses lèvres ; et, après un instant de silence, elle ajouta en frémissant : — On ne conçoit rien à cette faiblesse !.... car tu ne peux avoir été lâche;... certainement tu ne l'es pas....

— Non ! reprit-il vivement, et pourtant...

Ici son regard farouche s'attacha sur la terre.
— Cordélia! s'écria-t-il tout à coup, il faut
que je t'ouvre mon cœur, ce cœur oppressé
depuis si long-temps! il le faut! ne t'effraie
point, ce n'est que ce que tu sais déjà!......
Mais cet affreux secret empoisonne ma vie;
c'est lui qui cause cette mélancolie qui t'a
rendue si malheureuse. O Cordélia! pour-
ras-tu me pardonner! mais, douce et parfaite créature, tu l'as déjà fait, je le sais; et
c'est avec ce sentiment consolateur que j'ai
couru au combat. Écoute : j'espérais, je
souhaitais mourir, et déposer enfin le fardeau qui fait mon malheur....... La mi-
traille sifflait à mes oreilles, les boulets
tombaient autour de moi; ils frappaient mes
compagnons à mes côtés; mon lieutenant
expira dans mes bras; et une balle bienfai-
sante ne put m'atteindre!... Ah, du moins,
je serais mort avec honneur! Ce sort glorieux
ne m'était pas réservé!... Le commandant
en chef tomba; et je demeurai calme et inébranlable au milieu du fracas des bom-
bes, des cris des mourants et de l'horrible
tumulte du combat. Je pris aussitôt le commandement; mais, au moment où d'une voix

forte j'ordonnais la manœuvre, le pavillon
national tomba subitement à mes pieds,
comme s'il eût mieux aimé se rendre que
d'obéir à ma voix; et au même instant..., ô
Cordélia! la pâle figure de Julien, revêtue
de l'uniforme de mon grade, s'éleva devant
moi.... Ses yeux noirs et brillants se fixèrent
sur les miens... Sa voix formidable retentit
à mon oreille;.. et, avec un geste de mépris,
il arracha le pavillon de mes mains, comme
si elles étaient indignes de le toucher.... A
cette vue, une horrible stupeur s'empara de
moi; je chancelai et perdis entièrement l'u-
sage de mes sens. O Cordélia ! cette ombre
est sortie menaçante d'entre les morts pour
me dévouer à l'infamie; elle me poursuit encore... Dieux ! s'écria-t-il avec l'accent de la
terreur, le voilà, Cordélia ! dérobe-moi à son
regard terrible ! ou conjure-le de me laisser
en paix...

Et le malheureux, agité d'un transport fré-
nétique, se cachait dans le sein de sa tremblante
épouse, dont la douleur et l'angoisse étaient
inexprimables. — Solland, s'efforça-t-elle enfin de dire, nous sommes seuls, reviens à toi,
chasse ce songe funeste. Je suis près de toi,

Solland.... Mais l'horreur étouffait sa voix...
Non-seulement elle avait maintenant la conviction pleine, éclatante et terrible que son
époux était un assassin, mais encore elle
voyait le père de ses enfants déshonoré et sa
vie peut-être menacée par les lois austères
du devoir militaire. Pour le sauver, devait-
elle divulguer ce fatal secret, la cause de l'é-
garement de son esprit? Mais cette révélation le livrerait à des lois plus rigoureuses encore... Il ne lui restait donc qu'à partager sa
honte !...

De toute la nuit et de tout le jour suivant,
elle ne quitta pas le lit de son malheureux
époux. Vers midi, un officier envoyé par l'a-
mirauté vint, en vertu d'ordres sévères, demander l'épée du capitaine Solland. L'arres-
tation des autres officiers qui avaient, ainsi
que lui, forfait à l'honneur, entraînait néces-
sairement la sienne. Une enquête fut dresée
sur ce qui le concernait. La déposition de
ceux qui servaient sur la redoute, les paroles qui lui étaient échappées en voulant empêcher qu'on ne hissât le pavillon, le cri de
rage qu'il avait, dit-on poussé en voyant qu'au
mépris de ses ordres les couleurs nationales

flottaient de nouveau sur la redoute , tout
fut rappelé dans l'acte d'accusation ; mais ,
en considération de son état de maladie, on
lui permit de garder les arrêts chez lui.

A peine l'officier porteur de cet ordre était-
il sorti , qu'Olof fit appeler sa sœur ; il ne
l'avait pas encore vue depuis qu'il savait la
honte de son beau-frère. — O Cordélia ! dit-
il en la prenant dans ses bras , il nous faut
maintenant agir de concert ; s'il est innocent,
je me joins à toi pour le défendre, sinon...
Mais que dit-il ? peut-il alléguer quelque
chose pour sa justification ?... — Hélas ! répondit Cordélia avec émotion , beaucoup et
rien , car il ne peut confier qu'à moi ce qui
pourrait expliquer sa conduite. Il croit avoir
vu une ombre, un fantôme. O mon frère,
ne m'en demande pas davantage ! — Ainsi
donc, dit Olof, frappé de surprise, sa conscience a parlé... Cordélia, continua-t-il, agité
par un vif mouvement d'indignation, nous
sommes d'honnêtes gens, tu es ma sœur ; sépare-toi de lui !... Il y a long-temps qu'il est
dévoué à l'infamie. Quitte ce misérable ; reprends notre nom, il est sans tache ; pense à
notre vénérable père...

— Olof! interrompit la jeune femme avec
dignité, c'est mon père lui-même qui m'a
liée à mon époux ; c'est lui qui m'a enseigné
la valeur d'une parole donnée. Tu sais que
que depuis long-temps j'ai sacrifié à ce saint
devoir tout le bonheur de ma vie... Et, aujourd'hui, je l'enfreindrais! j'abandonnerais
le père de mes enfants! Non, mon frère. Ta
tendresse pour moi et ton animosité contre
Solland peut-être t'égarent ; d'ailleurs, Solland n'est pas encore condamné. Je ne crains
point les discours du monde ; ma conscience
ne me reproche rien. Laisse-moi, Olof, laisse-
moi remplir mon devoir jusqu'au bout...

Cependant, malgré cette fermeté apparente, les paroles de son frère avaient fait sur elle
une impression plus profonde qu'elle ne le
croyait elle-même, et, le lendemain, assise
en silence auprès du lit de son mari, elle ne
pouvait s'empêcher de les repasser dans son
esprit. Solland était retombé dans son premier accablement ; ses regards étaient rede-
venus fixes, hagards, et il semblait ne rien
voir de ce qui se passait autour de lui ; mais
l'angoisse cruelle qui le dévorait se trahissait
par de profonds soupirs, et les mots entre-

coupés qui lui échappaient de temps en temps
prouvaient que la terrible apparition qui l'avait
si violemment jeté hors de lui assiégeait toujours son imagination. Cordélia se tenait près
de lui comme pour écarter, par sa présence,
ces funestes images ; mais, tout en remplis-
sant avec zèle les devoirs d'une épouse attentive et soigneuse, elle était cruellement préoccupée. Elle faisait vingt projets pour sauver
son mari de la honte et du châtiment qui lui
étaient peut-être réservés; en même temps, les
sentiments d'honneur et de patriotisme auxquels elle avait accordé tant d'empire depuis
quelque temps, se révoltaient dans son âme à
la pensée de porter toute sa vie le nom d'un
homme dégradé. Le devoir, l'amour de ses enfants, un doux et cher souvenir, le désir de revoir ses parents, l'agitaient tour à tour ; mais
bientôt sa générosité naturelle élevait une voix
puissante en faveur du malheureux Solland ;
elle jetait les yeux sur son mari, et se disait,
en soupirant : —Non, je ne t'abandonnerai
pas ! Elle pouvait se livrer à ces réflexions
avec d'autant plus de loisir que ses enfants,
pour lesquels elle recherchait avec soin toutes les occasions qui pouvaient remplir leurs

jeunes âmes de l'amour sacré de la patrie,
étaient sortis avec leur oncle. Olof, à la prière
de sa sœur, les avait conduits sur les bastions,
pour leur faire voir les lieux où tout le peuple
de cette grande capitale avait si vaillamment
contribué à repousser l'ennemi.

Ils ne rentrèrent que fort tard, et dès que
la tendre mère, déjà un peu inquiète de cette
absence prolongée, entendit dans la chambre voisine leurs douces et joyeuses voix,
elle accourut vers eux avec un vif mouvement de tendresse et de joie, elle les pressa
sur son sein agité d'un sentiment si doux, et
auquel pourtant se mêlait tant de tristesse,
car jamais encore le crime de son mari ne lui
avait paru si évident, jamais frisson plus
douloureux n'avait glacé son cœur que pendant les longues heures solitaires qu'elle venait de passer près de lui : aussi avait-elle
besoin de la présence et des caresses de ces
êtres chéris, pour raffermir à la fois dans son
âme sa vertu et la pitié que réclamait d'elle
le malheur de leur père.

Ce fut dans cette singulière disposition
qu'elle entra dans l'appartement où ils étaient
réunis; Olof les avait accompagnés. A sa vue,

son fils aîné et sa fille voulurent courir à sa rencontre et se jeter dans ses bras, lorsqu'un regard de leur oncle sembla suspendre leurs pas et comprimer leur joie ; cependant ce regard, qui s'attachait de temps en temps sur elle, exprimait, quoique tempérée par une douce gravité, une joie si vive, si inexplicable, que, frappée de surprise, Cordélia s'arrêta sur le seuil de la porte. Olof, voyant son saisissement, courut à elle, et, faisant un signe à Frédéric, c'était le nom du fils aîné, l'enfant se précipita dans ses bras, en lui disant : — Maman, je te rapporte ton bonheur perdu depuis si long-temps ; prends-le, il t'appartient ; un bel étranger, bien bon, bien aimable, m'a chargé de te le remettre ; et il te rendrait de même tout ce qui te manque, dit-il, si tu étais à lui, et si tu voulais seulement suivre la voix de ton cœur... Voilà ce qu'il m'a recommandé de te dire...

— Et quoi? demanda-t-elle avec surprise, mais sans aucun pressentiment.

L'enfant lui remit alors un petit papier ployé avec soin ; Cordélia l'ouvrit, et, à la vue de ce qu'il contenait, elle pensa tomber à la renverse, tant son émotion fut vive et pro-

fonde : c'était l'anneau !... l'anneau de métal, dont la perte avait été jadis si fatale à sa
sœur..., et qui, retrouvé par elle un instant,
avait été de nouveau perdu d'une manière si
prompte et si douloureuse !....

— Dieu tout puissant ! s'écria-t-elle. Son
frère la soutint dans ses bras, et, la pressant
sur son cœur, il lui dit à demi-voix, et tremblant lui-même de joie et d'émotion : — Julien vit !... il t'envoie cet anneau.... Je n'ai
pas trop compris le rapport qu'il dit exister
entre cette bague et ton bonheur ; il croyait
me parler de choses que je devais connaître,
mais j'étais trop jeune à cette époque. Il me
semble pourtant qu'il m'a dit que cette bague
était le gage d'une fidélité muette, d'un mystérieux hymen, où les âmes seules avaient
part ; que, dans un moment de désespoir, la
vue de cet anneau, par lui retrouvé, l'avait
rattaché à la vie, au bonheur ; enfin, que
son retour dans tes mains devait te présager
du bonheur. Comprends-tu cela, chère sœur ?
Cordélia entendait à peine ; au nom de Julien, elle avait poussé un faible cri de joie,
et sa tête était retombée sur l'épaule d'Olof :
elle était à demi évanouie. Olof, bien inspiré,

prit alors l'anneau que tenait sa main défail-
lante, et l'offrit en souriant à sa vue : aussitôt, et comme si, en effet, cet anneau possédait une vertu magique, une force secrète
et cachée, Cordélia sembla se ranimer ; elle
rouvrit les yeux. Ses enfants inquiets s'étaient
rapprochés d'elle : elle regarda la bague d'a-
bord avec crainte, puis avec joie, enfin avec
attendrissement, et ses lèvres tremblantes
murmurèrent : — C'est bien elle !... Et il
vit !...

— Cordélia, lui dit Olof en lui prenant la
main, dois-je, ton frère peut-il le placer à
ton doigt, ce gage d'une fidélité qui mérite
une récompense ?...

Ces mots lui rendirent toute sa présence
d'esprit : elle se releva subitement ; le vif coloris dont la joie l'avait un instant animée
s'effaça, et fit place à sa pâleur accoutumée.
— Non ! dit-elle vivement, la destinée ne l'a
pas voulu... et ne le voudra jamais... Vois,
mon frère, un autre a pris sa place ! Et elle
montrait sa main gauche, qui, selon l'u-
sage, portait son anneau de mariage. Mais
son aspect me rend désormais le repos, la
confiance, et peut-être le bonheur. Je t'en

prie, Olof, éloigne les enfants, j'ai besoin de
me remettre de cette grande et soudaine émotion. Elle se baissa vers Frédéric avec une vive
tendresse, et dit à voix basse en l'embras-
sant : — Enfant béni de Dieu, c'est sa main
divine qui t'a rendu l'ange protecteur de
tes parents! Elle fit signe à son frère de l'attendre, et se rendit précipitamment dans la
chambre de son mari; Solland dormait d'un
tranquille et profond sommeil : c'était la
première fois depuis bien long-temps. Cordélia s'arrêta un instant au milieu de la
chambre, joignit les mains, et, dans son
cœur, adressa au ciel une courte et fervente
prière ; et, tandis que son regard doux et
tendre se reposait sur son mari, comme im-
plorant le pardon des injustes soupçons qu'elle
avait nourris si long-temps envers lui, elle
murmura avec attendrissement, mais ferme-
ment résolue : — Maintenant, moins que
jamais!

Et respectant son sommeil, elle remit à
un autre instant la révélation qu'elle avait
besoin de lui faire. Elle revint alors près de
son frère, qui, rêveur, mais joyeux, se pro-
menait à grands pas dans l'appartement.

Maintenant que nous sommes seuls, dit-
elle, et que je suis plus calme, raconte-moi
tout, mon frère; mais, si tu le peux, avec ordre,
et tranquillement surtout, ajouta-t-elle, comme si elle eût craint le trouble de son propre
cœur. Ainsi il vit!... et grâce au ciel Solland
n'est point coupable!

— Lui! s'écria Olof avec une vive indignation, il n'en est pas moins un meurtrier, et
de la plus vile classe! Ce n'est pas sa faute
si Julien est encore en vie... Cordélia pâlit;
elle posa ses deux mains sur son cœur, que
ces mots avaient comme brisé, sa tête se pencha sur sa poitrine, le feu de son regard s'é-
teignit, et, après un instant de silence, elle
dit, avec l'accent de la résignation : — Ra-
conte, mon frère, je t'écoute..... — Depuis
quelques jours, commença Olof, le nom
de Caudry avait frappé mon oreille; on disait
qu'un pilote de ce nom, et, comme nous, un
ennemi des orgueilleux insulaires qui venaient nous assaillir, avait pris du service
parmi nous, et qu'il s'était déjà distingué par
son activité, son courage et ses connaissances. Ce nom me rappelait bien celui de Julien; mais trop certain de la mort de ce der-

nier, non-seulement j'éprouvais une sorte de
répugnance à m'informer de cet étranger,
mais encore je me gardai bien de te parler
d'une chose qui eût fait saigner de nouveau
la plaie de ton cœur. Bientôt les apprêts du
combat et le grand événement qui le suivit,
me firent complétement oublier cet objet.
Aujourd'hui, comme je me trouvais avec les
enfants sur le bastion Quintus, et entouré
d'une grande foule accourue, comme nous,
pour contempler le théâtre de notre gloire,
je remarquai à quelques pas de moi un homme d'une taille élancée, vêtu de l'uniforme
de la marine danoise, et dont les yeux noirs,
brillants, se fixaient avec un extrême intérêt
tantôt sur Frédéric et tantôt sur sa sœur. Un
grand chien de Terre-Neuve était à ses côtés;
ce bel animal attira l'attention d'Adolphe,
que je tenais par la main : l'enfant se pencha
vers lui et cherchait à l'attirer; le chien quitta
son maître et s'approcha de nous en remuant
sa queue comme s'il nous eût connus. L'é-
tranger continua à considérer ce petit groupe
avec un intérêt croissant. Cette conduite, en
éveillant ma curiosité, me porta à l'examiner
à la dérobée; ses yeux, et surtout son regard,

si semblable à celui de tes enfants, me frappa et rappela soudain à ma mémoire l'i-
mage de Julien; plus je l'examinais et plus
je retrouvais dans l'étranger les traits de
l'ami de ma jeunesse, mais plus graves et
dans tout le développement de l'âge. L'attention mélancolique avec laquelle il semblait se
plaire à contempler les enfants, les pressentiments d'une certitude inespérée, l'emportè-
rent sur l'incrédulité de ma raison. Je m'a-
vançai rapidement vers lui, et m'écriai presque hors de moi : Julien!.... — C'est mon
nom, répondit-il; et un éclair de joie brilla
dans ses yeux. — Est-il possible! repris-je,
quoi! tu vis, et tu ne me reconnais pas?... Je
suis Olof Halfdan...

— Olof! répéta-t-il avec émotion, ainsi
je ne me suis pas trompé? Voilà les enfants de
Cordélia. Il s'approcha d'eux, les baisa l'un
après l'autre en silence, et quand il se retourna vers moi ses yeux étaient humides ; il
me serra vivement dans ses bras, puis il dit
avec une extrême émotion : — Je savais qu'elle
était à Copenhague et qu'elle n'était point
heureuse ; aussi j'évitais les occasions de la
voir. Je me tins caché avec soin : mon aspect

ne lui eût donné aucune consolation, et le
sien m'eût rendu la vie plus amère encore.
Mais la vue de ses enfants me calme, et me
fait du bien. Viens chez moi, continua-t-il,
j'ai hâte de vous rassembler tous autour de
moi.

Arrivés à son logement, son premier soin
fut de faire venir des pâtisseries pour les enfants, et, après leur avoir fait mille caresses,
il les laissa fort occupés des raretés que contenait sa chambre, et nous nous renfermâ-
mes dans un cabinet à côté pour causer
en liberté. Là mille questions se pressaient
sur nos lèvres ; dans le transport que me
causait la joie de le revoir, je ne lui cachai
point les horribles soupçons que nous avions
conçus à l'égard de sa mort, soupçons que,
du reste, l'inconcevable préoccupation d'esprit qui, depuis cette époque, s'était emparée
de Solland semblait avoir justifiés, ainsi que
l'effet terrible que son aspect avait produit sur
lui. Ici toute sa sérénité disparut, et son regard
devint sombre. Après un peu d'hésitation, il
me dit : — Je voudrais pouvoir taire encore
cet affreux secret, mais je ne le dois pas ; et,
quoique cette révélation ne puisse guère con-

tribuer au repos de Cordélia, cependant il
faut la faire, afin de rendre à ce misérable la
vie moins amère. Hélas! si je pouvais nommer ses enfants les miens! s'écria-t-il tout à
coup, en entendant leur joyeux tumulte dans
la chambre voisine; si Cordélia pouvait,...
voulait se séparer de l'être si peu digne de la
posséder!... Je suis devenu homme, maintenant; ainsi ce n'est point la passion qui m'é-
gare; je connais le monde, et sais apprécier
les choses de la vie; je sais aussi ce que la
vertu commande et ce que l'humanité récla-
me; mais l'homme est-il fait pour être un
continuel holocauste? Et puis, est-ce pour
rien que la Providence a remis dans mes
mains l'anneau de bonheur de Cordélia? Son
épreuve a duré trop long-temps...

Olof se tut un instant pour observer l'effet
que ces paroles produisaient sur sa sœur,
mais celle-ci, toujours maîtresse de son émotion, le pria de continuer.

— Alors il me raconta, reprit Olof, comment, avant de te quitter pour jamais, et,
dans le désespoir où le jetait l'idée de ne rien
pouvoir pour ton bonheur, il voulut revoir
encore une fois le lieu où il avait rêvé un si

doux songe. Il prit le chemin de la plate-
forme du rocher; à peine en eut-il atteint la
cîme, qu'il entendit des pas derrière-lui ; il
se retourna brusquement, et vit, presque sur
lui, Solland, qui, l'épée nue à la main, lui
demanda avec un accent plein de fureur, en
faisant allusion à une expression dont tu t'étais
servie peu d'instants auparavant : *Ce dont il
pourrait avoir à le remercier ;* pourquoi il ne
prenait pas immédiatement le chemin du
port; et, enfin, s'il attendait là un secret
rendez-vous. Le sang méridional qui bouil-
lait dans les veines de Caudry lui monta subitement au visage; il se contint toutefois, et
se contenta de lui dire avec mépris qu'un pareil ton ne méritait pas de réponse. Mais, cette
fois, le courage et la résolution ne prévalu-
rent point sur une aveugle et basse fureur;
Solland, hors de lui, se jeta sur son ennemi
désarmé , qui ne put échapper au coup mortel qui le menaçait que par un mouvement
rapide de côté ; il réussit même, tout en se
blessant la main, à arracher l'épée de ce furieux et à la lancer loin de lui; mais, à l'instant, son adversaire , l'attaquant à la manière des matelots, lui porta un violent coup

de poing au-dessous du diaphragme. Julien, qui ne s'attendait point à cette trahison, recula de quelques pas, et, son pied glissant dans une fente de rochers, il perdit l'équilibre, et tomba dans un précipice que forment les rochers entr'ouverts dans cet endroit.

Il paraît que la douleur du coup qu'il avait reçu lui fit perdre soudain l'usage de ses sens ; car il n'a conservé aucun souvenir depuis ce moment jusqu'à celui où il se trouva étendu sur le sable, tout meurtri et d'une extraordinaire faiblesse. Heureusement que cet événement n'avait pas eu lieu à dix pieds plus loin, où la plate-forme s'avance en saillie sur la mer : il était perdu sans ressource. Le précipice dans lequel il était tombé suivait la pente du rocher ; mais les buissons, qui y croissaient de distance en distance, tout en retardant sa chute, ne l'empêchèrent point de se blesser cruellement sur les rochers aigus et les racines noueuses des arbres qu'il rencontrait. Il est probable qu'il demeura long-temps plongé dans un profond évanouissement ; et, quand il revint à lui, il sentit de vives douleurs à la tête, meurtrie en plusieurs endroits ; son bras

gauche était foulé, et ses autres membres, ac-
cablés de lassitude, lui refusaient également
le service. La nuit vint, et il la passa tout
entière dans un accablement profond. Au
lever du soleil, se sentant un peu plus de forces, il se souleva, et examina le lieu où il
se trouvait ; il était couché sur un lit de sable blanc et fin , amoncelé par la chute d'un
petit ruisseau qui coulait entre les rochers,
et se rendait de là à la mer. Ses eaux trans-
parentes murmuraient à quelques pas de lui:
du reste point de chemin aboutissant de la
ville à cette partie de la côte, entièrement
inaccessible et par conséquent déserte. Faible, souffrant, dévoré de faim et de soif, le
malheureux se traîna avec peine jusqu'au
ruisseau, et, trempant ses mains dans l'eau
fraîche, il étancha sa soif et se sentit ranimé.
Il pensa alors aux provisions que notre pré-
voyante mère l'avait forcé de prendre en
quittant la maison ; le havresac était encore
attaché à ses épaules, et le pain, la viande
froide qu'il contenait, quoique un peu en-
dommagée par sa chute, lui fournirent un
excellent repas. Mais à mesure que les forces
du corps se rétablissaient, les douleurs de

l'âme se faisaient sentir plus vives et plus
poignantes. La certitude de ton malheur,
chère sœur, les dangers auxquels tu pourrais
être livrée en liant ton sort à celui d'un
homme lâche et cruel, accablaient son esprit
et troublaient sa raison. Retourner à la ville,
dénoncer le meurtrier, éclairer nos parents,
telle fut sa première pensée, sa première résolution; mais bientôt la réflexion les fit
évanouir. Il manquait de preuves... Et d'ailleurs son noble cœur répugnait à ce qu'il se
portât comme accusateur d'un crime dont il
était victime, d'un crime surtout que l'amour
et la plus terrible des passions, la jalousie,
avaient fait commettre... Et quand on ajou-
terait foi à mes paroles, se disait-il, chose qui
ne pourrait jamais avoir lieu juridiquement,
Cordélia consentirait-elle à devenir la femme
de celui qui n'aurait su l'obtenir qu'en en-
voyant peut-être son rival à l'échafaud? D'autres considérations vinrent encore à l'appui
de ce raisonnement : en supposant que cette
révélation n'eût d'autre objet que de te délivrer
d'une union que lui seul regardait comme funeste, puisqu'aux yeux de nos parents et de nos
amis elle paraissait belle et brillante, dans la

supposition que même il n'en profiterait
point, et que selon ta promesse il se bannirait
de ta présence pour toujours, son retour lui
avait été si positivement interdit par toi : ne
troublerait-il pas de nouveau ton repos, si chè-
rement acheté, et peut-être par là celui de
toute ta vie ?... Il faisait toutes ces réflexions,
lorsqu'au milieu du sable blanc sur lequel
coulait la petite source, il vit briller un anneau de métal ; c'était celui de notre pauvre
Anna ! Tes paroles plus que sa mémoire, qui
lui rappelait à peine de l'avoir vu suspendu
au cou d'Anna, le lui firent reconnaître pour
cette espèce de talisman auquel tu croyais
ton bonheur attaché. Cette vue, en lui rappelant la foi secrète qu'il t'avait jurée, fut
pour lui comme un oracle du ciel, qui l'a-
vertissait de ne point troubler imprudem-
ment le repos de la femme à la possession
de laquelle le sentiment le plus généreux l'a-
vait fait renoncer. Une sorte de douceur se
joignit à l'amertume de cette résolution. En
retrouvant si miraculeusement cette bague,
dont la perte paraissait t'avoir affligée, il lui
sembla que ton bonheur reposait désormais
entre ses mains, et qu'il en était devenu le

gardien. Mais comment l'influence en par-
viendrait-elle jusqu'à toi? C'était une question que son esprit et son cœur, offusqués
par une foule de sentiments divers, ne pouvaient résoudre. Il la remit entre les mains
du Maître de toutes choses. Peut-être, se
dit-il, Dieu touchera le cœur du misérable,
et il pourra se repentir ; peut-être aussi que ma
mort apparente domptera la violence de ce
caractère, apaisera ses passions fougueuses,
que ma présence révolterait de nouveau : ainsi
donc, à la volonté de Dieu !

Ainsi résolu, il se leva, rajusta ses vêtements endommagés par sa chute, lava le
sang dont son visage meurtri et ses mains
étaient couverts, et se glissa avec assez de
peine entre les rochers qui bordaient cette
côte jusqu'au bord de la mer. Plus d'une fois
il fut obligé de traverser les flots qui, en
certains endroits, battaient les hautes fa-
laises. Arrivé dans une petite anse, il trouva
par un heureux hasard la chaloupe d'un bâtiment ancré à peu de distance en mer, et
qui avait envoyé à la côte pour faire de l'eau.
Il obtint du patron du navire, qui était en
charge pour l'Angleterre, de le prendre à

son bord. Il comptait passer le temps de son
congé à Portsmouth, et de là retourner à
Christiana, où son bâtiment l'attendait ; mais
le sort en décida autrement. Le chagrin, les
émotions violentes qu'il avait éprouvées, et
peut-être aussi la chute dangereuse qu'il avait
faite, ébranlèrent sa constitution jusqu'alors
si vigoureuse. Il tomba malade à Portsmouth,
et plus de trois mois s'écoulèrent avant qu'il
pût se rendre à Bordeaux, sa patrie. Son père
venait de partir pour un voyage de long cours,
après avoir fait prendre des informations sur
son fils chez son ancien ami de Norvége, et
dans tous les ports du Danemarck. Aussitôt
son arrivée, Julien s'empressa de faire parvenir de ses nouvelles à son père ; mais la
joie du vieux capitaine fut de courte durée.
Au moment où il allait mettre à la voile pour
revenir en Europe, il fut atteint de la fièvre
jaune, et il mourut loin de son fils et de sa
patrie. Julien avait retrouvé à Bordeaux son
navire, revenu depuis long-temps de Norvége, et en avait repris la conduite, après
avoir expliqué au capitaine la cause de son
absence.

Mais pendant plusieurs années, il évita de

naviguer vers les côtes du Nord , dont un
généreux serment et la crainte de troubler
ton repos le tenaient éloigné. Cependant la
guerre s'étant déclarée entre la France et
l'Angleterre, et Julien, apprenant les projets
de cette dernière sur Copenhague, vola sous
pavillon neutre au secours de cette capitale,
où il savait que tu habitais. Ce fut là le motif de son retour, chère sœur, continua Olof.
Son nom, sa bravoure connue des marins,
ses connaissances firent bientôt admettre le
jeune volontaire dans les rangs de la marine
danoise, et, par un singulier hasard, il fut
placé à la batterie où commandait Solland.
Ce ne fut donc point un spectre qui épou-
vanta le lâche meurtrier, mais sa victime
elle-même, dont l'aspect terrible bouleversa
cette conscience coupable. En vain, le lâche, par un aveu tardif de son crime, veut-il
échapper à l'opprobre qui plane déjà sur lui,
rien ne peut l'y soustraire, non plus qu'à la
juste punition qu'il a depuis si long-temps
méritée.

Maintenant, continua Olof, fort animé
par son récit, il m'est clairement démontré,
et Julien partage l'opinion où je suis , que la

Providence a disposé toutes ces choses pour
votre commun bonheur. Il vous a de nouveau
réunis pour finir tes épreuves. O ma sœur !
continua le jeune homme avec émotion,
cette fois ne te détourne pas de la vraie route !
vois, Cordélia ! le ciel t'envoie, par les mains
de ton fils, vivante image de ton premier ami,
le symbole d'un bonheur tardif, mais qui sera
stable. Cordélia, prends la bague,... c'est ton
frère qui t'en conjure !...

Pendant ce long récit, mille émotions diver-
ses s'étaient partagé le cœur de la jeune femme;
l'effroi, l'indignation, la tendresse et la douleur
l'avaient agité tour à tour. Quand son frère
eut cessé de parler, elle secoua tristement la
tête, puis dit d'une voix émue, mais qui
s'affermissait par degré : — Je reconnais les
vues bienfaisantes de la Providence,... et je
n'hésiterai point à les remplir.... Mais toi,
mon frère, que l'étude des lois civiles devrait
rendre esclave de celles de la morale, comment peux-tu me conseiller de les enfrein-
dre ?... Ne me tente point, Olof ! Je ne veux
point le revoir, je me le suis promis, je tiendrai
mon serment.

Je ne veux point regarder en arrière ; je ne

vois que le présent et l'avenir. Ah, mon frère!
mon existence actuelle n'a-t-elle donc pas
aussi ses compensations? O mes enfants!
mes enfants! répéta-t-elle avec enthousiasme.
Dieu soit béni : une tache sanglante ne
souille plus, à mes yeux, le front de votre
père!...

— Cordélia! Cordélia! s'écria Olof avec
douleur, il a eu la volonté du crime ; il a empoisonné ta vie, il a détruit ton bonheur, ton
existence est à jamais perdue ; ne résiste pas
à la voix du destin, sépare-toi de lui...

— Arrête! interrompit-elle avec force, ne
m'en dis pas davantage! Dieu, dans son malheur, ne l'a point abandonné, et tu voudrais
que je.....

Une vertueuse indignation l'empêcha d'a-
chever ; elle serra vivement la main de son
frère, muet de chagrin et de colère, et passa
dans la chambre de son mari ; il venait de
s'éveiller : ses yeux ternes se tournèrent lan-
guissamment vers elle, et il fut presque épou-
vanté en voyant dans ceux de sa femme une
vive expression de joie, habitué qu'il était
à voir rouler des larmes silencieuses, ou à ne
lire sur sa physionomie que l'expression d'un

11

chagrin lentement dévoré. Il se souleva à
moitié, et dit vivement : — Que m'apportes-
tu? qu'y a-t-il?

— De bonnes, d'heureuses nouvelles, se
hâta de répondre Cordélia ; je puis, d'un seul
mot, conjurer le mauvais génie qui te tourmente.... Tu n'as point vu un spectre, un
noir fantôme de ton imagination. Julien vit!
il est ici!...

—Impossible ! s'écria Solland avec effroi,
impossible ! les morts sortent-ils du tombeau?
Non ! murmura-t-il et d'une manière à peine
intelligible. Il est là, toujours là, le cadavre
sanglant et mutilé ! je le vois.... Femme ! tu
mens ! continua-t-il d'un air farouche, tu
veux me tendre un piége. T'es-tu donc li-
guée contre moi avec toute ta race aux yeux
noirs !...

—Loin de toi ces sombres rêveries! dit-elle
d'un air grave et imposant, quand t'ai-je
menti? Ne suis-je pas Cordélia, ta femme,
celle qui a partagé ton malheur et compâti à
ta faiblesse? Je te le répète, tu as vu Julien
sur ton bord, c'est lui qui a relevé ton
pavillon..... Il m'a envoyé par ton fils.... ton
pardon !...

— Comment, mon pardon ! reprit-il d'une voix sombre, et pourquoi ? Que lui ai-je fait?... Il m'a couvert de honte...

— Je sais tout, interrompit-elle tranquillement ; la Providence a détourné de ta tête coupable la punition du mal que tu voulais lui faire, et tes mauvais desseins n'ont point été accomplis ; écoute...

Et alors, avec cette tendre et généreuse pitié qui lui avait si long-temps imposé silence sur cette affreuse aventure, elle lui répéta ce que le lecteur connaît déjà. En faisant ce récit, un trouble pénible agitait son âme, et quelque soin qu'elle prît de ménager ses expressions pour épargner le misérable Solland, elle en éprouvait toute l'amertume. Ses paroles étaient comme un glaive à deux tranchants, qui, en pénétrant le cœur du coupable, la blessait elle-même.

Accablé sous le poids de la découverte de son crime, et pourtant doutant encore de la réalité, Solland consentit à recevoir son beau-frère, pour l'entendre confirmer le récit de Cordélia. Olof vint, il répéta son assertion ; mais la conviction ne pénétrait point encore cet esprit malade et fortement frappé. Il

pleura, et, dans son trouble, révéla tous les
tourments que son imagination blessée avait
soufferts et souffrait encore. Il se refusait à la
vérité, et croyait encore voir à travers un miroir l'ombre irritée de sa victime et ses regards
menaçants. Le seul soulagement que cet événement parut lui avoir procuré, fut d'oser
maintenant parler de l'effroyable vision qui
le poursuivait sans cesse et rendait son regard
fixe et hagard. Enfin, Olof et Cordélia mirent tout en œuvre pour le convaincre et
apaiser son trouble. Enfin, il s'écria tout à
coup : — Eh bien, s'il est vrai qu'il soit vivant, pourquoi ne vient-il pas, par sa présence, bannir cette ombre sanglante qui me
poursuit?...

Olof proposa alors à sa sœur de permettre
que Julien vînt visiter le malade ; elle-même
en voyait la nécessité, et du reste elle se
sentait assez forte pour supporter cette touchante et douloureuse entrevue.

Julien consentit volontiers à cette demande : le récit confidentiel qu'Olof lui
avait fait de la malheureuse situation de Cordélia, les regrets que ses parents avaient
témoignés de l'avoir forcée à contracter ce

mariage ; enfin, la possibilité que le jeune
homme avait laissé entrevoir de rompre des
nœuds qui ne promettaient aucun espoir de
bonheur à cette tendre victime du respect
filial, tout contribua à réveiller dans l'âme
de Julien un espoir long-temps combattu,
mais auquel la vue des enfants de Cordélia vint
donner encore une sorte de certitude. Olof
ne lui avait pas caché l'aversion marquée que
Solland portait à ces innocentes créatures,
en raison de leur ressemblance avec l'objet
de sa haine ; cette ressemblance, qui l'avait
déjà frappé en voyant les deux aînés, produisit sur lui un effet plus touchant et plus
doux encore quand il les vit tous réunis ; car
Olof, en allant lui faire part du désir de sa
sœur, s'était fait accompagner de toute la
petite famille. Julien, ému et profondément
attendri, embrassa ces enfants avec une vive
tendresse : il ne pouvait détacher ses regards
de leurs doux visages, qui lui rappelaient à
la fois les traits de leur mère et les siens, et
lui semblaient la preuve qu'une mystérieuse
destinée devait les réunir. Olof, qui lisait
dans son âme, confirma par quelques mots
ses secrètes espérances, et ce ne fut pas sans

une émotion bien grande qu'il prit avec lui,
et suivi des enfants, le chemin de la demeure
de Cordélia; car il pressentait que cette entrevue allait décider de son sort. Cordélia
avait déclaré qu'elle ne verrait Julien qu'en
présence de son mari. Celui-ci, après avoir
désiré la présence de Julien, ne pouvait
plus se résoudre à le voir, et il fallut toute
la douceur et la patience de sa femme pour
l'y déterminer. Lorsque Olof vint annoncer
l'arrivée de son ami, et que celui-ci entra
enfin lui-même, Solland saisit la main de
Cordélia d'une manière convulsive, et la
retint si violemment à son côté qu'il fut
impossible à la jeune femme de se relever;
il semblait qu'il se fît un bouclier de son
corps pour se protéger contre cette terrible
apparition. La vue de la jeune femme, quoiqu'elle tînt ses yeux baissés, et que toute sa
personne exprimât la souffrance morale au
plus haut degré, toucha profondément Julien. Il s'avança vers le lit, peut-être aussi
pour se rapprocher d'elle, et, saisissant la
main de Solland, qui, froide, humide, et
comme celle d'un mort, demeura sans mouvement dans les siennes, il dit, d'une voix

très-émue : — Je vous pardonne, Solland ;
une passion fougueuse avait égaré votre raison, je vous pardonne ; et maintenant je
vais satisfaire à la question que vous m'a-
dressâtes lors de notre dernière entrevue.
Vous m'avez demandé *ce dont vous m'étiez*
redevable : si depuis vous avez su apprécier
cette femme angélique, sa douceur, sa patience, ses tendres soins, c'est là ce dont
vous m'êtes redevable ; oui, monsieur, continua-t-il avec force, c'est dans mes mains
qu'elle a juré d'être tout ce qu'elle vous a si
religieusement tenu, et je l'ai moi-même
exhortée au sacrifice. Qu'avez-vous fait pour
payer tant de générosité ? pour récompenser
tant de vertu ? Pardonnez à votre ennemi ré-
concilié ce dur, mais unique reproche ;
puisse votre esprit et votre cœur recouvrer le
calme, et votre conduite réparer les longs
malheurs de celle qui s'est sacrifiée pour
vous !... Dans ce moment, et comme obéissant à une impression soudaine, irrésistible, Solland, qui l'avait écouté jusqu'alors
les yeux baissés et dans une inexprimable
confusion, sembla tout-à-coup prendre une
résolution à laquelle, la minute auparavant,

il était loin de songer, et, avant que Cordélia pût s'en défendre, il réunit rapidement les deux mains qui tenaient les siennes, et dit avec une émotion extraordinaire : — Tiens, prends-la !.. prends tout ce qu'elle m'a donné !... je ne saurais la rendre heureuse : je ne suis pas digne d'elle... Je pense qu'à ce prix Dieu me pardonnera. Olof et Julien, presque effrayés d'entendre des paroles qui répondaient si bien à leurs secrets désirs, faillirent perdre toute mesure en voyant Solland entrer ainsi dans leurs vues. Julien porta involontairement à ses lèvres la main de Cordélia, qu'il avait à peine entrevue ; la jeune femme ne s'en aperçut point, et, regardant Solland avec effroi, elle lui dit en pâlissant : — Malheureux insensé ! que dis-tu ? la mère de tes enfants ?...

— Qu'il les prenne ! je ne les aime point, je ne puis les aimer ! répondit-il d'une voix étouffée.

— Infortuné ! reprit-elle avec douleur, et en retirant sa main de celle de Julien pour reprendre celle de son époux ; c'est une raison de plus pour que je ne t'abandonne point. Mais avez-vous pu penser, continua-t-elle en relevant sur les deux amis son regard im-

posant, que la vertu consentirait à ce que je
sois en quelque sorte le rachat d'une faute
sanglante? Non, je l'ai juré, je remplirai jusqu'au bout mes engagements.—Eh tu les as
remplis, infortunée, et au-delà de tout ce
que prescrivait le devoir, s'écria Olof avec
force, quoiqu'il sentît avec une secrète angoisse l'importance d'un tel moment; qui
sait ce qui est sur le point d'arriver?... Sauve
le nom honorable de notre père d'une honte
prochaine. Nos parents ne savent point tout
encore, et pourtant dans leur cœur ils ont déjà
désiré la séparation. Mon père lui-même....
Julien était à ses pieds. — Pense à l'avenir
de tes enfants bien-aimés, disait-il d'une voix
suppliante; laisse-leur porter mon nom, partager mon destin ! pense à la bague, chère
Cordélia; ma main te l'a rendue, ne rejette
point une seconde fois ce tardif bonheur !
Dieu lui-même a guidé mes pas vers toi.....
— Grâce au ciel, tu as nommé mon père,
dit Cordélia en s'adressant à son frère; et,
paraissant réunir toutes les forces de son âme
pour fermer son oreille et son cœur aux prières de Julien : Tu m'avertis de mon devoir,
Olof.... Celui qu'il m'a imposé ne cause

point de honte, mais le parjure me couvrirait d'infamie ; mon courage, ma persévérance sauront soutenir l'honneur de notre nom dans le malheur qui nous menace. Dieu ! s'écria-t-elle tout à coup en regardant son mari, il s'est évanoui !... vos paroles cruelles l'ont tué, et vous n'appelez point cela un meurtre?...Quittez-moi ! quittez-moi sur-le-champ ! Ici vous ne pouvez me tenter, ici je suis forte... Sortez... Julien fut le premier à entraîner Olof hors de la chambre.

—C'est toujours elle, lui dit-il, oui, plus forte que son propre cœur!.. Ah ! tout est perdu, à moins que la raison et l'intérêt de ses enfants ne viennent à notre secours !..... Mais laisse-moi les voir, les embrasser encore, ces chers objets de sa tendresse, et sur l'amour desquels j'ose fonder mon espoir...

Aussitôt que Cordélia fut seule, elle sonna pour avoir du secours. Solland était toujours évanoui; sachant que, depuis son retour du combat, son mari était un peu sourd, elle n'attribua pas d'abord son accident aux paroles d'Olof, mais elle le regardait comme une suite naturelle de l'effort généreux qu'une conscience bouleversée lui avait arraché.

Cette illusion se dissipa bientôt. Quand le malheureux eut repris ses sens et que sa femme eut de nouveau écarté ses domestiques, il jeta autour de lui des regards farouches , et, se croyant d'abord seul : — Ah , elle est partie ! s'écria-t-il avec amertume; elle m'a abandonné... — Je suis là, Solland, se hâtait de dire la jeune femme ; je ne te quitte point , calme-toi!...

Solland passa ses mains sur son visage , puis, comme si une image funeste se fût présentée : — Dieu miséricordieux , s'écria-t-il , plein d'horreur et d'épouvante , ce n'était qu'un songe ! Le voilà encore l'affreux cadavre ; il se dresse devant mon lit tout brisé, sanglant; ah ! je ne puis, cette fois, échapper à sa vengeance ! Cordélia, il me presse, il va me précipiter à son tour dans l'abîme. Conjure-le, entraîne-le ! Sors d'ici , il te suivra , abandonne-moi. Mais non; tu es trop bonne, trop humaine pour me laisser ainsi. J'étouffe ! Il m'oppresse, l'affreux fantôme ! Ah, pitié, pitié ! La malheureuse femme eut toutes les peines du monde à calmer ces effrayants transports; sa douceur, sa patience, sa tendresse l'aidèrent à reprendre ses esprits ; elle

lui répéta avec toutes les précautions suggé-
rées par une âme tendre et généreuse , tout
ce qui s'était passé ; elle lui rappela même
avec le ton d'un doux reproche l'étrange proposition qu'il avait osé lui faire, ainsi que le
refus qu'elle y avait apporté. Solland l'écoutait avec une sorte d'incrédulité , et son regard était sombre. Tout à coup il lui demanda
brusquement.—A-t-il emmené les enfants?
Cette question bouleversa de nouveau l'âme
de la jeune mère. —Comment pourrais-je me
séparer d'eux ? répondit - elle ; une partie
de moi-même leur appartient et l'autre est à
toi : n'es-tu pas leur père ?

— A quoi bon tous ces discours? reprit le
mari, incapable d'apprécier l'angélique bonté
de cette réponse, loin d'ici tous ces ôtages de
l'enfer! leur vue fait mon supplice... Va-t'en
aussi avec eux!... puisqu'ils te sont si chers,
d'ailleurs... (Ici une affreuse pâleur se répandit sur ses traits, et je ne sais quoi d'ironique
contracta ses lèvres.) Ils sont peut-être plus
à lui qu'à moi;... car tu l'as aimé dans ta jeunesse : et... qui sait?... les femmes sont habi-
les... Ces paroles, aussi révoltantes que cruelles, percèrent comme d'un glaive le cœur de

Cordélia ; elle ne répondit rien, mais la pâleur, le léger tremblement de ses lèvres, les larmes brûlantes qui s'échappaient de ses yeux baissés, peignaient d'une manière touchante la douleur qui la pénétrait en se voyant si méconnue par celui auquel elle faisait tant de sacrifices. Cette douleur silencieuse produisit pourtant quelque effet sur Solland, qui, lui prenant les mains, lui dit avec l'accent du regret :—Ah, je ne suis qu'un insensé, Cordélia ! sois généreuse, pardonne à ton malheureux époux, dont un sombre désespoir a égaré la raison, et qui ne sait ni ce qu'il veut ni ce qu'il faut vouloir...

La journée s'écoula tout entière de la sorte ; c'est-à-dire, que le malade, agité plus que jamais par les reproches de sa conscience, passait alternativement des plus sombres, des plus furieux transports, au plus profond découragement ; tantôt accablant sa patiente victime des reproches les plus amers, tantôt la conjurant, avec larmes, de lui pardonner, sans que la noble conduite de la jeune femme se démentît un seul instant. Au milieu de toutes ces violences, elle avait remarqué combien elle lui était nécessaire ; il ne vou-

lait rien prendre que de sa main, il refusait les
soins de tout autre.

Le cœur généreux de Cordélia ne voulut
voir dans ce désir que l'effet d'un sentiment
tendre, et non l'impuissance de cet ancien
et profond égoïsme, qui avait toujours do-
miné dans la conduite et jusque dans les affections de Solland. Elle parvint enfin à le
calmer assez pour qu'il pût prendre un peu
de repos, et vers le soir, fatigué des vives
et profondes émotions de la journée, il
tomba dans un profond sommeil, qui pro-
cura un peu de relâche à sa triste compagne.

Malgré les instances de son frère, qui
désirait lui parler, elle ne quitta point cette
sombre chambre; seulement, pendant de
courts instants, elle se glissa furtivement
dans celle de ses enfants, pour puiser dans
leur doux et consolant aspect le courage qui
lui était si nécessaire. Elle se jeta ensuite sur
un lit qu'elle avait fait dresser auprès de celui
de son mari, et passa une partie de la nuit
à réfléchir mûrement, et avec toute l'attention dont elle était capable, sur les événements de la journée, et le parti qu'elle avait à

prendre. Pendant les longues heures passées
dans ce douloureux examen, ses larmes cou-
lèrent plus d'une fois avec violence ; mais
peu à peu son trouble s'apaisa, et son cœur
devint plus tranquille. Vers le matin, attirée
par un bruit léger, elle entra dans la chambre
de ses enfants, voisine de la sienne : ils dor-
maient tous profondément, mais elle trouva
sur une table une lettre qui lui était adressée
par son frère. Il venait de l'y déposer, certain que Cordélia visiterait ce lieu à son réveil. Cette lettre contenait l'exposition claire
et précise de sa situation, et Olof démontrait
à sa sœur que son repos, son avenir, celui
de ses enfants, exigeaient une séparation
devenue nécessaire, que l'honneur, autant
que l'opinion du monde, exigeait qu'elle
quittât un homme qui n'avait jamais été digne
d'elle, qui ne l'avait obtenue que par un crime, et qu'enfin un reste de pitié pour ce
misérable devait même lui commander cette
mesure, puisqu'il était certain que sa vue
et celle de ses enfants, lui rappelant sans
cesse son crime, l'empêcheraient toute sa
vie de goûter aucun repos. Olof proposait
le moyen d'exécuter ce projet de la manière

la plus douce et la plus favorable, même aux
aux intérêts de Solland ; car il savait que cela
seul pourrait déterminer sa sœur. Enfin, dans
son zèle pour cette sœur tendrement aimée,
il n'oubliait aucune des considérations qui
pouvaient avoir quelque influence sur son
esprit. Cordélia lut cette lettre plus d'une
fois, et plus d'une fois aussi elle interrompit
sa lecture pour jeter un regard attendri sur
ses enfants endormis ; elle soupira, secoua
tristement la tête, et, en s'inclinant sur le
front de l'aîné, qu'elle baisa doucement, elle
dit : —Votre existence serait peut-être plus
douce, vos cœurs plus calmes, vos fronts
plus joyeux..., et, pourtant, c'est pour l'a-
mour de vous que je ne dois pas abandonner
votre père...

Elle rentra aussitôt dans sa chambre, enveloppa dans un papier l'anneau mystérieux,
gage pour elle d'un destin plus heureux, et
elle écrivit ce qui suit :

« Julien, reprends cet anneau ! mes faibles
» mains, jadis, le laissèrent échapper, et avec
» lui tous mes droits à une félicité terrestre...
» Si le pouvoir imaginaire qu'on lui prête

»pouvait influer sur le bonheur de celui qui
»le possède, cet anneau ne doit point me re-
»venir, puisque, par un libre consentement,
»j'ai élevé un insurmontable obstacle entre
»ce bonheur et moi... ·

»Puisse ce qu'il me promettait de paix et
»de joie dans ce monde, se réunir sur ta
»tête! O Julien! c'est, je le sais, une vaine
»superstition; l'austère raison la désavoue,
»et pourtant il me serait si doux d'y croire!...
»Déjà son court séjour entre mes mains m'a
»procuré le seul bien auquel j'ose aspirer
»dans cette vie, le repos!... Mais il ne doit
»point m'écarter de mes devoirs... Quand
»ma constance et ma foi furent-elles plus
»nécessaires à mon mari que dans ce mo-
»ment?... Ces vertus, auxquelles j'ai juré,
»entre tes mains, de rester fidèle, m'accom-
»pagneront au tombeau... Ne me tente
»point, Julien! laisse-moi remplir ma desti-
»née! Séparés pendant la vie, la mort seule
»nous réunira, et alors... oui alors, mes
»enfants seront les tiens.

»Adieu, Julien!»

Quand son frère vint chez elle le matin,

pour connaître l'effet de sa lettre, elle lui
remit l'anneau ainsi que l'écrit adressé à
Julien. Il était tout ouvert, et Olof le lut :

— Cordélia ! s'écria-t-il avec vivacité, ce qui
dépasse la mesure n'est approuvé ni par la
raison ni par l'opinion publique. Non, je ne
consentirai point à ce que tu renonces ainsi à
tout espoir de bonheur.

— Mon frère, interrompit Cordélia, il y a
long-temps qu'à cet égard mon choix est
fait ; maintenant, si le repos de mon âme,
que je prise bien plus que la vie, t'est cher,...
plus un seul mot là-dessus, je t'en conjure !...

Deux jours après, Olof revint : son abord
était triste ; il présenta en silence une lettre
à sa sœur : c'étaient les derniers adieux de
Julien ; elle contenait ces mots :

« Que ferai-je, sans toi, de la bague? Jadis
» une douce résignation, une secrète espé-
» rance, me la rendaient précieuse et chère ;
» depuis que tu l'as rejetée loin de toi, ainsi
» que le bonheur qui semblait vouloir nous
» sourire, depuis que tu renforces d'un nou-
» veau lien de fer la chaîne à demi usée de
» ton fatal hymen, sa vue me blesse, et ex-

»cite dans mon âme le trouble et la dou-
»leur... Cependant, je la place à mon doigt,
»puisqu'elle me vient de toi ; qu'elle soit donc
»comme le gage visible de notre union future
»dans ces lieux où les joies et les soucis de la
»terre ne pénètrent pas!... Mais souviens-toi,
»Cordélia, que le bonheur dédaigné ici-bas
»ne produit aussi dans ce monde que mal-
»heur et chagrin : tu le veux, soit!... Le
»mois de congé que j'avais pris ici touche à
»sa fin ; j'ai déjà rejoint mon bord, et je
»pars dans quelques moments. Puisse la
»mer sur laquelle le désespoir et un mauvais
»destin me renvoient ne pas se venger de
»l'infidélité que j'étais prêt à lui faire!...
»et ne pas se venger par une tempête plus
»rude que celle qui m'a ravi le courage, la
»présence d'esprit, la sérénité d'âme si né-
»cessaires à mon état! Ainsi, séparés encore
»jusqu'à la mort!... Mais, alors!... alors, tu
»seras à moi avec tout ce qui t'appartient.»

En rade de Copenhague, à bord de la *Concorde*, le   juin 1802.

Tout ce que le monde appelle croyances
superstitieuses mérite-t-il en effet ce nom?
Une vertu secrète réside-t-elle dans un métal consacré, et y a-t-il un sens prophétique

et mystérieux dans les paroles que le cœur
semble involontairement laisser échapper?...
Des hommes, que le monde nomme des sages, le nient, nous n'osons point résister à
leur autorité; mais il peut du moins paraître
singulier que le contenu de ces deux écrits,
accompagné de circonstances extraordinai-
res, reçut, en effet, son entier accomplissement. Ce qu'il y a de certain, c'est que la
fortune semble faire subir ses caprices de
préférence à ceux qui ont paru mépriser les
dons qu'elle leur avait offerts d'une manière
peut-être douteuse, mais séduisante. Heureux alors le mortel dont l'âme, élevée au-
dessus des vicissitudes du sort, aperçoit dans
ce que les habitants de la terre regardent
comme malheur, un but plus sublime, et
auquel il se dévoue avec un saint enthousiasme. Alors ces êtres souffrants, devant les pâles visages desquels le monde, qui n'estime
que les riantes apparences de la joie et du
bonheur, se détourne avec une pitié dédaigneuse, ces douces victimes du sort goûtent
peut-être dans leur résignation de célestes
compensations; et tandis que leur extérieur
n'annonce que tristesse et découragement,

elles pourraient bien porter dans leurs cœurs
le germe d'une félicité dont n'ont aucune
idée les êtres qui les méprisent peut-être autant qu'ils les plaignent!...

Il en fut ainsi de Cordélia : après avoir lu la
lettre de Julien, elle la reploya et la renferma
soigneusement dans une cassette. Depuis ce
moment elle parut vivre dans l'attente d'une
catastrophe funeste, mais certaine. Toutefois,
comme elle était d'avance résignée à son destin, cette triste disposition de son âme n'eut
d'influence ni sur son caractère, ni sur sa
conduite. Déjà, avant de recevoir les adieux
de Julien, elle s'était occupée du sort futur
de son mari, et cette pensée, l'arrachant à la
douleur, lui rendit toute son activité : affran-
chie du soupçon terrible qui pendant tant
d'années avait oppressé son sein, elle recouvra pour agir toute la fermeté de son caractère. Pleine de courage et de résolution, elle
alla trouver les chefs les plus marquants de
son mari; le mélange de mesure et de dignité qu'elle mit dans ses démarches, la chaleur
et la grâce de ses sollicitations, charmèrent
et intéressèrent en sa faveur tous ceux qu'elle
allait implorer en faveur du père de ses en-

fants : dans ces circonstances elle ne parut
pas aussi peu considérée dans le grand monde, que sa vie obscure et retirée pouvait le
faire croire, elle reçut partout l'accueil le plus
obligeant et le plus honorable. Sa beauté,
quoique altérée par ses malheurs, sa grâce
modeste, sa noble assurance, la justesse de
son esprit, la solidité de sa raison excitèrent
au plus haut point l'intérêt, et lui procurè-
rent la protection des personnages de qui dé-
pendait le sort de son mari ; ses démarches
furent enfin couronnées d'un plein succès :
elle parvint à faire envisager la faiblesse que
Solland avait montrée le jour du combat,
comme une suite de cette sombre mélancolie à laquelle il était reconnu que son mari
était livré depuis plusieurs années ; elle rappela avec adresse la joie qu'il avait témoignée
en se rendant au poste périlleux qu'on lui
avait assigné, le courage qu'il avait déployé
pendant l'attaque, et jusqu'au moment fatal
où une sorte d'égarement passager avait excité des doutes injurieux à son patriotisme et
à son honneur. Cordélia s'appliqua surtout
à présenter cette circonstance qu'elle ne pouvait éluder, comme rendue plus grave par la

publicité qu'on lui avait donnée et la manière
défavorable dont on s'était plu à l'envisager;
ceux auxquels elle adressait ces discours
n'avaient point de preuves positives à opposer
à sa douce éloquence, et d'ailleurs la conti-
nuation de l'état de maladie, plus morale que
physique, où se trouvait son mari, donnait
un grand poids à ses paroles. Enfin, soit par
la chaleur des sollicitations de la courageuse
épouse, soit pitié pour le malheur d'un ancien serviteur, le ministère de la marine ne
donna pas suite aux accusations dont Solland
avait été l'objet, et même il lui accorda sa retraite, sous prétexte de santé, et sans y joindre aucune mention déshonorante. Olof et
un petit nombre d'amis qui visitaient encore,
de loin en loin, la demeure de Cordélia, se
réjouirent du triomphe de la jeune femme.
L'objet de soins si touchants et d'un dévoue-
ment si tendre y parut seul insensible; sa santé
était assez bien rétablie, mais son esprit paraissait frappé d'une stupeur qui ne devait plus
cesser. Il devint plus que jamais triste, sombre, morose, quoique la présence de ses enfants ne parût plus lui causer comme autre
fois une impression pénible : il ne s'en occu-

pait jamais. Son ancienne rudesse reparais-
sait bien quelquefois dans ses manières, mais
la fougue impétueuse, la violence de son caractère étaient désormais anéanties : il paraissait maintenant comme obsédé d'une
troupe de mauvais esprits qui, bannis de sa
conscience allégée, planaient, rôdaient en
grondant autour de lui, et l'on eût dit qu'ils
ne pouvaient s'éloigner entièrement de la
proie qui leur avait été une fois destinée....
Depuis sa maladie il avait témoigné avec assez de dureté le désir de coucher seul ; Cordélia, que le soin de sa santé rendait attentive,
ne voulant pas l'abandonner tout-à-fait, fit
dresser un lit dans une chambre voisine de la
sienne ; cela ne suffit pas au sombre malade.

Il exigea que les alentours de son appartement fussent libres et entièrement consacrés
à son usage particulier. Sans doute que, la
nuit, le malheureux, agité par des songes terribles, ou tourmenté par des visions plus terribles encore, avait fait entendre quelques
cris, quelques gémissements, et qu'il voulait
cacher à tous les yeux ses secrètes souffran-
ces. Cette précaution n'atteignit qu'impar-
faitement son but ; elle contribua même à

répandre les bruits les plus ridicules sur la
cause de cette nouvelle manière d'être , et
les domestiques ne tardèrent point à racon-
ter les choses les plus étranges, qui se pas-
saient , disaient-ils , pendant la nuit dans
les appartements de leur maître. Cordélia ,
quoique profondément émue en entendant
ces propos, était trop raisonnable et trop éclairée pour y accorder la moindre foi. Elle s'efforça , par les raisonnements les plus plausi-
bles, de dissiper ces erreurs; ce fut en vain.
Ses domestiques la quittèrent l'un après l'autre, et elle ne put jamais garder long-temps
ceux qui les remplacèrent successivement.
N'ayant nul moyen de combattre une erreur
qui commençait à devenir populaire, elle y
renonça, et l'on s'accoutuma à dire que dans
la maison du capitaine Solland *il revenait
des esprits*. Quelque temps après ces événements, et par suite de la protection qu'on lui
accordait, Cordélia obtint la faveur de faire
entrer ses deux fils aînés à l'école des cadets
de marine. A cette époque, son frère, appelé
par son état dans une autre province, se vit
contraint de la quitter. Il en coûta beaucoup
à Olof de se séparer de Cordélia et de la lais-

ser ainsi sans appui et sans consolation. Toutefois, cette séparation ne parut pas faire sur
elle une impression aussi douloureuse qu'on
aurait pu le présumer. — Sois heureux, mon
frère, avait-elle dit en le quittant, et ce vœu
n'avait été accompagné d'aucun regret; son
destin lui était connu, et rien ne pouvait plus
l'affecter par une cause personnelle. Pourtant son cœur, toujours sensible et tendre,
se remplissait de tristesse et de mélancolie à
la vue du malheur d'autrui. Durant les sombres nuits d'automne, alors que les tempêtes
exerçaient leurs fureurs, le sommeil fuyait
ses paupières; elle songeait aux malheureux
livrés à la merci des mers orageuses, dont
les antres profonds pouvaient à chaque instant leur servir de tombeau.

Dans l'hiver, quand les glaces arrêtaient les
hardis navires qui, chargés de grains, doux
produit de la Norvége, son cher pays, se
risquaient à travers la fureur des vagues, les
flottes ennemies, et toutes espèces de dangers, pour porter au loin le blé nécessaire à
la subsistance d'autres peuples, Cordélia
pensait à toutes les horreurs qu'entraîne
après elle la famine; un incendie rougis-

sait-il le ciel, la guerre dévastait-elle quelque
contrée lointaine, la sensibilité de la jeune
femme s'exaltait au seul récit d'infortunés
qu'elle ne pouvait soulager ; pour elle ; in-
souciante du malheur qui la frappait, elle le
voyait avec indifférence. Mais le destin, pour
la punir, peut-être, du mépris qu'elle avait
fait de ses dons, ou plutôt afin que cet ange
souffrant, et déjà à demi couronné de l'au-
réole céleste, n'eût rien à regretter dans le
nouveau séjour vers lequel il s'élevait lentement, le destin, disons-nous, lui présenta
une coupe amère qu'elle épuisa sans murmure et avec une admirable résignation.

Une nuit, que tout était calme et silencieux autour d'elle, Cordélia, rêveuse, mais
non préoccupée d'idées funestes, se plaisait
à suivre des yeux la marche paisible de la
lune dans le ciel ; un son étrange, inexplicable, vint tout à coup frapper son oreille.
Il lui sembla qu'un triple coup, léger, furtif,
et comme produit par un très-petit objet,
avait été frappé contre la vitre des fenêtres
élevées qui donnaient sur la rue. Elle se
leva sur son séant, regarda fixément la fenêtre ; la lune l'éclaircit tout entière, et sa

lumière ne lui fit apercevoir rien d'extraordinaire : dans ce moment même, le même
bruit se renouvela, et, comme la première
fois, à trois courts intervalles... Cordélia
sauta à bas du lit, courut à la fenêtre, l'ouvrit, regarda dans la rue... Tout était désert,
silencieux... Elle referma la fenêtre, regagna
son lit ; mais à peine était-elle arrivée jusque-
là que le triple coup retentit pour la troisième
fois, et le dernier, faible, mais distinct, ré-
sonnait encore sur la vitre, quand Cordélia
atteignit de nouveau la fenêtre, et l'ouvrit
brusquement pour la seconde fois : tout était
tranquille dans l'air comme sur la terre...
Cordélia attendit quelques instants, et voyant
que le bruit ne se répétait point, elle referma
la fenêtre, et retourna à pas lents vers son
lit ; elle était singulièrement émue, et son
imagination, douloureusement frappée, lui
présenta la pâle figure d'Anna, telle qu'elle
l'avait cru entrevoir une fois, effeuillant une
couronne de romarin sur les berceaux de ses
enfants !...

Elle veilla, pria, pleura long-temps, enfin
elle s'endormit. A son réveil, quelque étrange
que fût le mélange de songe et de réalité qui

avait eu lieu pendant cette triste nuit, Cordélia fut entièrement convaincue qu'elle avait reçu un mystérieux avertissement.

Cependant, toute une année s'écoula sans que rien de remarquable vînt se rattacher à cette circonstance, lorsque le plus jeune de ses fils, celui qu'elle avait désiré nommer Julien, tomba subitement et dangereusement malade. La tendre mère ne quitta point son fils ; mais les secours de l'art, les soins caressants de l'amour furent également vains. Vers le minuit du septième jour de la maladie, les ombres de la mort se répandirent sur l'aimable et doux visage. Cordélia, à demi penchée sur le berceau de l'enfant chéri, écoutait avec une angoisse déchirante, la respiration toujours plus courte, toujours plus pénible ; dans ce moment, la jeune femme crut entendre frapper légèrement un triple coup aux vitres, comme un an auparavant, et puis, l'instant après, le même bruit recommença, mais plus fort, plus distinct : — Anna !... dit Cordélia, en frémissant, et à voix basse, est-ce toi ?... l'appelles-tu ? continua-t-elle, agitée d'un funeste pressentiment. Pleine de trouble, elle s'avança vers la

fenêtre sans savoir elle-même dans quel dessein ; car elle ne s'attendait à rien voir, et
elle ne vit rien en effet ; mais tandis qu'elle
était debout devant la fenêtre, plongée dans
une rêverie profonde, tout près d'elle les
trois coups retentirent plus lents, plus so-
lennels, mais aussi d'un ton plus clair, plus
argentin, et tout-à-coup ce son rappela à
sa pensée le son de l'anneau magique, lorsqu'échappé de ses mains, au moment où
elle tenait à le retrouver, il avait roulé de
rochers en rochers jusque dans l'abîme... A
ce son fatal et prophétique, le cœur de la
pauvre mère se bouleversa ;... elle courut au
berceau de son fils:... l'enfant était mort !
Le jour même qui suivit cet événement,
Cordélia apprit, qu'environ un an auparavant, le vaisseau *la Concorde,* commandé par
le capitaine Caudry, avait fait naufrage sur
les côtes de Sicile ; tout l'équipage avait été
sauvé. Le capitaine seul, tout occupé du salut de ses gens, avait péri... Quelques mots
de la lettre de Julien revinrent à l'esprit de
la triste Cordélia, et elle versa des larmes
amères ; car il lui semblait qu'elle avait en
effet décidé du sort de l'ami de sa jeunesse ;

mais cette faiblesse dura peu, et, en réflé-
ssant aux mystérieuses paroles qui ter-
inaient cette lettre, elle sentit une sorte de
calme renaître dans son cœur; pour elle,
désormais, la vie était la mort, et la mort
n'était que l'entrée d'une vie plus heureuse.

Le soir, en cherchant dans ses armoires
un linceul pour le petit ange si tôt ravi à son
amour, elle retrouva sous des objets qu'elle
n'avait pas visités depuis des années, la couronne de romarin rappelée à sa mémoire
d'une manière si singulière la nuit précé-
dente. Ne pouvant, comme elle le désirait,
donner à son dernier enfant le nom de Julien, elle l'avait nommé Joseph; c'était un
des prénoms de sa sœur: — Eh bien, dit-
elle en soupirant, cette fois la couronne rem-
plira sa destination, et son feuillage flétri
ornera le front de l'enfant flétri aussi avant
le temps. Mais les rameaux en se desséchant
avaient desserré le fil qui les unissait, et lorsque
la main tremblante de Cordélia souleva avec
précaution la couronne funèbre, elle se brisa
en six morceaux. — Eh quoi! dit-elle en frémissant, dois-tu donc me servir plus d'une

fois?.. Un malheur serait-il en effet attaché
à chacun de tes rameaux !... Amborg le pensait ainsi... Eh bien, puisque je suis destinée
à souffrir, je veux te conserver, ô parure
funéraire !...

Elle remit la couronne brisée dans l'armoire, après en avoir retiré le plus petit
rameau, qu'elle plaça sur la poitrine de l'enfant au cercueil. Tout reprit son train accoutumé dans la demeure de Cordélia ; le peu de
joie qu'elle put goûter encore, elle la devait
à ses enfants. Les deux aînés, par leur appli-
cation, leur travail, leur bonne conduite à
l'académie, s'étaient attiré l'entière affection
de leurs maîtres. Quand ils eurent atteint l'âge
requis, ils furent tous deux nommés employés
de marine. Ses deux filles, attentives et pleines
de tendresse, répondaient, par leur douceur,
leur beauté et leurs jeunes vertus, à l'attente de
leur mère : mais l'humeur toujours plus
sombre et plus silencieuse de Solland, dont
les longues journées s'écoulaient dans une
stupide oisiveté, imposait depuis long-temps
des habitudes de tristesse à tout ce qui l'entourait et rendait cet intérieur extrêmement
triste. Pourtant, le soir lorsque, selon sa cou-

tume, le père se retirait dans son appartement, alors la langue des deux aimables jeunes filles se dédommageait d'une pénible contrainte ; une douce gaîté animait leurs entretiens, et quelquefois un joyeux éclat de rire,
en frappant d'une manière inaccoutumée
les murs de la vieille et silencieuse maison,
attirait sur les lèvres pâles de leur mère un doux
et faible sourire, semblable aux rayons mourants d'un dernier soleil d'automne. Quelques années s'écoulèrent sans apporter aucun
changement dans l'intérieur de cette famille ;
seulement les deux fils de Cordélia, maintenant aspirants de marine, montèrent une
frégate qui partait pour les Indes orientales.
C'était leur premier voyage maritime ; deux
mois après, par une nuit claire et brillante,
semblable à celle où l'avertissement de la
mort de Julien lui avait été donné, Cordélia
entendit la fenêtre vibrer sous le triple choc
mystérieux, répété à trois différentes reprises... A ce signal funeste, le cœur de la tendre mère se remplit d'angoisse et pressentit
son malheur : l'un de ses fils avait péri, mais
lequel des deux? Et à la douleur avec la-

quelle elle se fit cette question, elle reconnut, pour la première fois, que l'aîné, celui qui ressemblait tant à Julien, lui était le plus cher. Elle alla ouvrir l'armoire qui contenait les débris de la couronne funéraire, en prit un rameau, et, le plaçant sur le linceul que depuis long-temps elle avait préparé pour elle : — Je l'emporterai avec moi, se dit-elle en soupirant. Hélas ! ne sont-ils pas tous dans mon cœur ?...

Elle attendit dans un tourment d'esprit inexprimable les nouvelles de l'Inde qui devaient l'éclairer sur son malheur. Elle ne s'était point trompée : l'un de ses fils avait péri pendant la traversée, mais son aîné vivait encore; et quelques mois après elle eut la joie de le serrer sur son cœur, en répandant des larmes à la fois douces et amères ; mais cette joie fut de peu de durée. Dans le courant de l'année suivante elle perdit l'une après l'autre ses deux filles; toutes deux lui furent enlevées brillantes encore de fraîcheur et de jeunesse, après une très-courte maladie. Solland avait toujours eu pour elles une préférence marquée ; toutefois leur mort n'excita en lui qu'un senti-

ment étrange , et qui ressemblait plus à la
joie qu'au regret. — Julien retire à lui ses
ôtages ! dit-il d'un air sombre.

Dans cette cruelle circonstance, le mystérieux tintement se fit encore entendre à la
fenêtre : Cordélia , courbant la tête sous les
coups d'une destinée implacable, décora ses
deux filles des débris de la couronne de mort
de la pauvre Anna, à laquelle elles ressem-
blaient par la beauté , la grâce, comme elle
enlevées au monde et à l'amour de leur
mère, à la fleur de leur âge.

Il ne lui restait plus que deux branches
de romarin , lorsque la guerre se ralluma
avec fureur. Son fils , le seul qui lui restât,
plein d'ardeur, et entraîné par son goût et ses
devoirs dans la glorieuse carrière qui s'ouvrait devant lui, fit ses adieux à sa mère. Hélas ! en le pressant sur ce cœur brisé par
tant de pertes successives , elle sentit bien
que c'était pour la dernière fois. Des mois
entiers s'écoulèrent; elle venait d'en recevoir
des nouvelles ; elle pouvait même se flatter
de le revoir bientôt,... lorsqu'une nuit , le
choc léger, mais terrible, et neuf fois répété,
fit entendre ce son argentin qu'elle attri-

buait, sans pouvoir s'en rendre compte, à la
bague mystérieuse, et produisit sur elle son
effet accoutumé. Docile à ce funèbre signal,
elle alla chercher le dernier rameau de romarin, et le plaça près de celui qu'elle avait
déjà consacré à son autre fils ; mais avant
que la nouvelle de la mort du jeune homme
vînt confirmer cette triste prévision, le cœur
de la malheureuse mère devait cesser de battre. Il semblait que, depuis ce moment, son
âme fût déjà partie pour se rejoindre aux objets de sa tendresse ; on eût dit que son ombre
seule était restée sur la terre, comme un
gracieux fantôme souriant tristement, afin
d'accomplir, avec une infatigable constance,
ses devoirs envers l'homme insensible auquel son sort avait été lié. Cependant le murmure étrange et nocturne, car on ne pouvait
dire que ce fût du bruit, que l'on entendait
chaque nuit dans la maison, devint de jour
en jour plus alarmant. Les domestiques,
que la douceur et la bonté de Cordélia retenaient seules à son service, eurent peine à
résister à leurs terreurs et à ne pas l'abandonner; mais pendant une nuit orageuse, où
les vents déchaînés sifflaient avec fureur à

travers les cloisons, et semblaient chercher à couvrir la voix des fantômes, l'époux de Cordélia, frappé d'une apoplexie foudroyante, mourut sans pousser un cri, sans proférer une seule plainte. A l'instant le calme se rétablit dans la maison, comme si avec sa vie tous les mauvais esprits qui le tourmentaient se fussent évanouis dans les airs. Alors, et pour la première fois depuis de longues années, Cordélia sentit sa poitrine respirer en liberté, et un sentiment semblable à la sérénité du ciel remplit son âme.

— Ma tâche est remplie, murmura-t-elle en élevant les yeux vers le ciel. Rappelle-moi, Julien, je ne tarderai pas... La bonté céleste entendit ce dernier vœu. Le lendemain des funérailles de son époux on trouva Cordélia étendue sur son lit, froide et sans mouvement. Elle paraissait dormir, et un doux sourire était fixé sur ses lèvres, mais cette âme souffrante s'était exhalée... Elle s'était elle-même enveloppée de son linceul, et ses deux mains, croisées sur son sein, tenaient encore les débris desséchés de la mystérieuse couronne...

LA BIONDINA,

Nouvelle Napolitaine,

PAR A. DE TROMLITZ.

LA BIONDINA.

Le 16 juin de l'année 1550, toutes les cloches des nombreuses églises de la ville de Naples sonnaient en bruyantes volées, et ces sons joyeux rassemblaient les pieux fidèles pour la fête de la madone du *Mont-Carmel.* Riches et pauvres, jeunes et vieux, tous vêtus de leurs plus beaux habits, remplissaient en foule les rues et les places publiques; de riches tentures ornaient les balcons des maisons; une prodigieuse quantité de guirlandes de fleurs, tendues à travers les rues, se balançaient gracieusement, et répan-

daient dans l'air les plus douces odeurs. On
aurait dit que la reine du pays allait faire son
entrée dans sa capitale. Mais à cette époque,
Naples ne jouissait point de la présence de sa
souveraine, qui, renfermée dans la sombre
solitude du Prado, à Madrid, n'avait point
encore visité cette belle contrée, et la fête
qui se donnait en ce jour était pour la reine
du ciel.

Dans aucun lieu, les fêtes religieuses n'é-
taient alors célébrées avec autant de pompe
et de magnificence qu'à Naples; et non-seulement ces fêtes recevaient de leur caractère sacré leur grandeur et leur solennité,
mais elles s'embellissaient encore de tout ce
qu'un peuple aimable, spirituel et gai, savait
inventer pour les rendre à la fois gracieuses
et imposantes.

En voyant ces troupes de jeunes hommes
et de jeunes filles, les uns parés, les autres
vêtues de blanc et les cheveux couronnés
de fleurs, se presser de toutes parts pour
grossir le cortége de celle dont on célé-
brait la fête, il semblait que l'antique paga-
nisme, avec ses riantes allégories et son culte
brillant, se fût adjoint au sévère christianis-

me, ou qu'il fût tellement resté dans les
mœurs, que le peuple, sans le savoir, en rappelât avec tant de joie les antiques usages.

La foule rassemblée dans l'église de *santa
Maria del Carmina* était composée de nobles
et de plébéiens, car princes, ducs, pêcheurs,
lazaronis, tous s'apprêtaient à suivre la procession. Le clergé, revêtu de ses plus somptueux ornements, attendait sous le portail
l'arrivée du vice-roi don Pedro de Tolède,
qui, malgré le pouvoir sans bornes qu'il exerçait dans Naples, n'eût point osé se soustraire
aux fatigues de cette longue cérémonie. Les
ambassadeurs de quelques cours étrangères,
entourés d'une suite brillante, étaient déjà
dans la nef; derrière le maître-autel, les fils
des plus nobles familles de la ville, vêtus de
blanches aubes, le front couronné de fleurs,
attendaient l'instant de placer sur leurs épaules le brancard couvert en velours sur lequel
s'élevait la statue de la madone, resplendissante d'or et parée de ses plus rares joyaux;
car ils devaient, chargés de ce saint et pré-
cieux fardeau, traverser les rues populeuses
de la capitale.

Le vice-roi se faisait attendre depuis long-

temps, et le jeune et aimable duc de Nemours, ce favori des belles, disait en plaisantant, à l'ambassadeur de France, le maréchal
de Bouillon, à la suite duquel il se trouvait :

— Vous conviendrez, maréchal, que le vice-
roi est bien peu galant, de faire attendre
aussi long-temps une dame !.. Je ne me suis
jamais rendu coupable d'une pareille faute...

— Je le crois volontiers, répondit le maréchal, mais votre impatience ne sera pas mise
à une plus longue épreuve, car voilà les
trompettes qui sonnent la marche, et l'archevêque se dispose à recevoir l'illustre don
Pedro. Voyez ! tout se met en mouvement,
et le cortége s'avance dans le plus bel ordre...

Toutefois, le jeune duc s'embarrassait peu
de toutes les pompes ecclésiastiques. Ses
yeux erraient çà et là dans l'église ; et là où
se trouvait une jolie fille, et de ce côté Naples était riche alors, là s'arrêtait aussitôt
son regard vif et brillant ; mais, fixé pour
quelques secondes seulement, ce regard se
détournait bientôt de l'objet d'une admiration
momentanée, attiré par une beauté nouvelle.

Cependant le vice-roi, suivi de toute sa cour,
était parvenu au pied du maître-autel ; là, après

avoir adressé une courte prière à la reine des
anges, le cortége se remit en marche, précédé par un chœur de jeunes clercs, chantant
des hymnes et portant des flambeaux de
cire allumés, comme si le magnifique soleil
d'Italie, dont les brillants rayons inondaient
de torrents de lumière toute la ville animée,
ne suffisait pas à la splendeur de ce beau
jour. Les ordres mendiants, vêtus de leurs
capes brunes, suivaient les jeunes choristes;
après eux, venaient les moines de Saint-Do-
minique, leurs rivaux et leurs ennemis; ensuite l'archevêque, entouré des grands digni-
taires de l'Église, s'avançait précédé de la
sainte image de la mère du Christ, éblouis-
sante d'or et de pierreries; de près et de
loin, des milliers de fidèles, étendaient
les mains vers elle en l'appelant par les
noms les plus tendres, se prosternaient à son
aspect, ou la couvraient comme d'une pluie
de couronnes et de fleurs. La madone, du
haut de son trône, que surmontait un dais
étincelant, semblait sourire à la foule eni-
vrée, avec la dignité d'une reine qui reçoit
les adorations d'un peuple chéri. Les jeunes
porteurs, fiers de l'honneur que leur procu-

rait le noble emploi qui leur était confié,
cherchaient à dérober leur orgueil sous des
apparences de piété et d'humilité ; mais, con-
traints à tenir leurs yeux baissés, ils n'en
jetaient pas moins quelques regards à la dérobée vers les belles filles agenouillées chargées du soin de joncher de fleurs le chemin
de la madone ; on ne sait comment celles-ci
lançaient, à travers leurs prières et leurs signes de croix, les bouquets qui ornaient leur
sein ou leur chevelure à tel ou tel des jeunes
porteurs de *Notre-Dame du Carmel.*

Les augustins et les bénédictins, vêtus
de noir, suivaient cette troupe brillante ;
après eux venait le vice-roi, entouré de toute
la grandesse d'Espagne, et escorté d'une
compagnie de hallebardiers, à la taille gi-
gantesque, aux armes étincelantes. Les ambassadeurs étrangers, selon leur rang, suivaient immédiatement ; puis, enfin, toute
la noblesse du pays, parmi laquelle on
voyait quelques femmes de haute distinction, mais couvertes d'un voile ; le cortége
était fermé par une foule innombrable de
tout âge, de tout sexe, de tout rang, qui
suivait en chantant des hymnes, ou récitant

des prières à haute voix. Mais, plus belles
que toutes les nobles dames voilées, plus séduisantes encore que les vierges couronnées
de roses, dont la main répandait des fleurs
avec tant de piété devant la madone, étaient
les femmes napolitaines de tous rangs qui,
placées sur les balcons et aux fenêtres, attendaient, dans tout l'éclat de leur parure et
de leur beauté, le passage de la sainte
image, pour la saluer de leurs vœux et de
leurs adorations. Beaucoup portaient un voile;
mais cet ajustement, plus officieux qu'importun, loin de nuire à leurs grâces, ne faisait
qu'ouvrir un champ plus vaste à l'imagination
des spectateurs, et à faire soupçonner encore
plus de beautés. Quelques-unes d'entre elles
portaient ce petit masque de soie noire dont
l'usage commençait à s'établir en Italie,
costume imaginé pour conserver la fraîcheur de la peau, mais que le jeune de Nemours prétendait n'être porté que par des
femmes tout-à-fait laides. La plupart de
toutes ces belles tournaient vers la madone
leurs charmants visages, beaucoup aussi vers
les passants, ou ceux qui suivaient la procession; quelques-unes agaçaient parfois ces

derniers, en leur jetant, avec cette grâce et
cette vivacité toute italiennes, leurs bouquets
de fleurs.

Lorsque le cortége eut quitté la belle rue
de Tolède, traversé la place *San-Spirito*, et
tourné à droite pour entrer sur la place *del
Pigne*, le duc de Nemours remarqua, presque
à l'angle de cette dernière, sur le petit balcon d'une maison peu apparente, une femme
vêtue d'un habit simple, mais d'une coupe
gracieuse, qui faisait ressortir la plus jolie
taille du monde. Cette femme portait un
masque. Le duc de Nemours la fit remarquer
à son voisin le jeune de Lignerolle. — Quelle
taille à la fois noble et gracieuse ! disait-il ;
regarde, je te prie, la forme de ce bras
éblouissant de blancheur ; cette petite main
délicate qui dans ce moment détache sa couronne !.. Ma foi, si d'après mon opinion le
détestable masque cache un laid visage, c'est
une grande injustice de la part de dame nature ! En parlant ainsi, il était arrivé en face
du balcon ; et comme il levait les yeux vers
la dame masquée, elle lui jeta la couronne
de roses qu'elle tenait, avec tant de justesse,
qu'elle vint frapper la poitrine du jeune

homme, qui pour la retenir la pressa involontairement sur son cœur. Il releva la tête
pour remercier la dame ; dans ce moment,
celle-ci, avec une extrême vivacité, souleva
son masque, un instant seulement, mais
qui suffit pour laisser apercevoir au duc des
yeux superbes, une bouche délicieuse, et un
teint éblouissant.

Cette vue jeta le duc hors de lui-même ;
et si son compagnon ne l'eût pas averti à
voix basse, il serait resté devant le balcon
comme enchanté ; mais il fallait suivre la
marche du cortége dont il faisait partie ;
toutefois, il recouvra assez de présence d'esprit pour remarquer avec soin la maison et
le nom de la place où il se trouvait.

Autant que le lui permit le lieu et les
circonstances, il examina avec soin la couronne qu'il venait de recevoir d'une manière si inopinée. Il remarqua bientôt dans
le calice odorant de la plus belle des roses
un petit billet roulé et fixé au milieu, par
une fine épingle. Il le détacha avec précaution, le mit dans son livre de prières, sur
les feuillets duquel il jetait de temps à autre un regard distrait ; mais alors, au lieu

14

de répéter les oraisons prescrites, il déroula
le petit billet, et y lut ces mots :

« La plus aimable des fleurs,
» Au plus aimable des hommes :
» Au duc de Nemours. »

Il était généralement reconnu dans Naples,
que le jeune et beau Français possédait l'art
de s'emparer avec facilité du cœur des femmes, et lui-même, heureux en amour comme
en guerre, avait la plus grande confiance
dans ses moyens de plaire ; cependant quelque familiers que lui fussent les succès, et
bien que pour lui une aventure amoureuse
fût une chose presque journalière, néanmoins
celle-ci par sa noüveauté, et peut-être par la
piquante hardiesse de la dame au masque
noir, excita vivement sa curiosité. Il eut bien
un moment la crainte qu'une fille de mœurs
faciles ou de basse condition ne cherchât à
l'enlacer dans des liens indignes de lui, mais
sa vanité, qu'une telle victoire eût fort humi-
liée, ne tarda pas à se rassurer, et quoique la
parure simple de la dame ainsi que la maison
de peu d'apparence où il l'avait vue, ne lui fis-
sent point pressentir une de ces brillantes con-

quêtes qui lui avaient valu la réputation
d'*homme à bonnes fortunes*, pourtant le visage qu'il avait entrevu suffisait pour lui
donner l'envie de poursuivre celle-ci.

De cet instant, la procession lui parut
d'une ennuyeuse longueur, et son œil plus
tranquille, ou plutôt occupé à relire le petit billet, errait moins de balcons en balcons. Quand la cérémonie fut terminée,
et que les enfants des lazaronis se mirent
à ramasser les fleurs pour les faire rafraî-
chir, et les vendre en bouquets le lendemain, le jeune duc, refusant toute invitation,
et l'esprit tout occupé de la charmante inconnue, courut chez lui, où il se renferma
pour rêver à son aventure.

En le voyant, le rusé Rouvois, son valet de
chambre, devina *qu'un nouvel astre s'était levé*
pour son maître; car c'était ainsi qu'il nommait les amours nouvelles du duc, et l'impatience qui se peignait sur le front de ce dernier, son empressement à demander d'autres habits, sa précipitation en les mettant,
et l'ordre bref qu'il donna enfin à Rouvois
de le suivre, confirma ce dernier dans son
opinion. Lorsque le duc, sans suite, même

sans domestiques, pour n'être point trahi
par sa livrée, et suivi du seul Rouvois, fut
dans la rue, il raconta à ce dernier ce qui lui
était arrivé pendant la procession ; il le conduisit ensuite sur la place *del Pigne*, lui désigna, en passant, la petite maison en question, le chargea de prendre adroitement des
informations sur celle qui l'habitait, et de lui
en rendre un compte exact.

Le lendemain, comme le duc revenait du
palais de la princesse Caraccioli, de laquelle
il était occupé depuis quelque temps, son
fidèle émissaire lui apprit que la maison de
la place *del Pigne* était habitée par une veuve
et sa fille; que leur naissance était honnête,
mais leur fortune fort médiocre ; enfin qu'elles vivaient de leur travail et d'une petite rente
laissée par l'époux de la veuve. — Jusque-
là tout est bien, continua le serviteur, et propre à remplir les vues de monseigneur; car,
où la pauvreté règne les portes restent rarement fermées. Quant à ce qui est de la
beauté de la signora, sauf le respect que je
vous dois, monseigneur, d'après ce que j'ai
appris, il m'est permis d'en douter. La fille
de la veuve se nomme la Biondina ; c'est elle

que vous avez vue, et qui vous a jeté (les voisins l'ont très-bien remarqué) sa couronne de roses. Elle a, dit-on, une jolie taille, un beau bras, de belles mains, mais, n'en déplaise à votre seigneurie, la beauté du visage ne répond pas au reste de la personne. Elle est, à ce qu'on m'a assuré, pâle comme la mort; elle a les yeux louches, la bouche déformée, le nez trop long et la peau du visage si couverte de marques de petite-vérole, que chacun, en la voyant, ne peut s'empêcher de déplorer qu'un aussi beau corps porte une si affreuse tête. Cette fois, monseigneur, ajouta le serviteur, notre coup-d'œil connaisseur a été furieusement en défaut.

Le duc secoua la tête d'un air d'incrédulité.—Rouvois, dit-il en souriant, il ne m'arrive guère de me tromper aussi grossièrement. A la vérité, cette belle fille ne souleva son masque qu'un seul instant, mais il me suffit pour voir une beauté accomplie, et surtout de grands yeux noirs qui ne louchaient nullement... Toutefois, il faut que je m'en assure par moi-même; mais comment faire?

—Rien de plus facile, monseigneur, ré-

pondit le valet. La vieille signora travaille
pour le public ; déguisez votre jeunesse, votre
bonne mine, et surtout votre rang ; présen-
tez-vous chez la veuve sous le prétexte de lui
commander un collet brodé ou une écharpe,
et vous vous convaincrez de la vérité de
mon rapport.

———

Le jour suivant, le jeune duc, autour duquel son valet s'occupait depuis une heure,
ne put s'empêcher de rire aux éclats quand,
après sa toilette, il se regarda dans le grand
miroir de Venise qui parait sa chambre. Un
large emplâtre noir couvrait son œil droit,
une fausse barbe, longue et touffue comme
les portaient alors les soldats napolitains, entourait son gracieux menton ; un juste-au-
corps en peau de daim, une de ces formida-
bles épées à poignée immense, et suspendue
à un large baudrier, la plume rouge sur un
chapeau à haute forme et à petit bord lui
donnaient l'apparence d'un de ces vieux cui-
rassiers du marquis de Pescaire, qui, après la
mort de ce dernier, en avaient conservé le
nom. Ainsi déguisé, et sans crainte d'être re-

connu par qui que ce soit , le jeune et élé-
gant duc de Nemours sortit de son palais, et,
affectant la marche pesante d'un cavalier, il
s'achemina vers la place *del Pigne.* Arrivé
devant la petite maison, et, après avoir jeté
un coup d'œil sur le balcon où la charmante
inconnue lui était apparue , il frappa d'un
air résolu, à la porte. Une vieille servante lui
ouvrit , et, après lui avoir demandé ce qu'il
voulait, le conduisit sans difficulté près de la
veuve.

Celle-ci était seule. — Signora , dit le
faux soldat d'un ton brusque, et tandis que
son œil cherchait en vain la belle fille ou
quelque chose qui annonçât sa présence,
c'est un vieil homme de guerre dont la bour-
sette est assez bien garnie, qui vient vous
demander de lui faire un collet brodé ,
bien grand, bien ample, garni des plus
belles dentelles, de façon à ce que mon capitaine lui-même en soit envieux, et il faut
de plus que cela soit fait très-vite, très-bien,
et à bon marché.

La vieille dame regarda attentivement le
soldat, comme pour calculer la valeur du collet sur les moyens de celui qui le lui com-

mandait; enfin, au bout de quelques instants
de réflexion, elle lui fit un prix dont le duc,
après quelques difficultés, tomba d'accord :

— J'ai encore une condition à mettre à notre
marché, continua-t-il : j'ai appris que votre
fille vous surpasse en habileté pour ces sortes
d'ouvrages, et je veux que ce soit elle qui
fasse mon collet, ou je ne le prends point...

. — Volontiers ! reprit la veuve en riant,
quoique je pusse me fâcher de ce que vous
préférez la fille à la mère ; mais n'importe,
revenez demain matin, et vous verrez par
vous-même Biondina occupée à travailler
pour vous.

— Est-ce qu'elle ne pourrait pas commencer tout de suite?.. demanda le duc, oubliant son rôle.

— Maître cuirassier, dit la veuve, avec
un peu de surprise, si ma fille était belle,
je croirais volontiers que vous êtes plus curieux d'elle que de son travail... Toutefois,
il faut avoir patience ; Biondina n'est point
au logis, mais demain, à pareille heure, vous
la trouverez à l'ouvrage.

Le duc fut forcé de se contenter de cet

espoir, et, peu satisfait du succès de son aventure, il revint chez lui.

— Votre visage m'annonce que mon rapport était exact, lui dit Rouvois, en le déli-
vrant de son accoutrement ; d'ordinaire,
vous revenez avec un air vainqueur de toutes
vos aventures, et aujourd'hui vous ne rap-
portez ni myrtes ni lauriers !

— Je crois, Rouvois, répondit le duc découragé, que tu avais raison ; et il raconta
au valet ce que la mère avait dit du peu de
beauté de sa fille. Cette raison le rendait incertain s'il devait y retourner le lendemain,
ou s'il ne ferait pas mieux d'envoyer un dou-
blon à la veuve, pour l'indemniser d'un travail commencé. Mais, dans la carrière de galanterie que suivait le jeune duc, il lui était
impossible de revenir sur ses pas sans avoir
atteint le but ; il résolut de suivre la chose
jusqu'au bout, en pensant que la vue d'un
de ces bizarres caprices de la nature, qui se
plaît quelquefois à réunir si singulièrement
le beau et le laid, le paierait du moins de ses
peines.

Le lendemain, il retourna en effet chez la
veuve ; la vieille servante le reçut comme la

veille, et le conduisit dans la même chambre
où se tenait la matrone; elle était encore
seule, mais un rapide coup d'œil fit apercevoir au duc près de la fenêtre une seconde
table, couverte de dentelles et d'étoffes prê-
tes à être employées. .

— Vous voyez, maître cuirassier, dit la
veuve après qu'elle l'eut poliment salué,
comme ma fille est diligente! Votre désir d'a-
voir un travail uniquement de sa main a
excité son amour-propre, aussi elle vous li-
vrera quelque chose de parfait; regardez ce
dessin, examinez ces dentelles, et surtout
le bon goût de cette broderie commencée!...
En disant ceci avec complaisance, la veuve
étalait le travail sur la table; mais le faux
soldat n'y jetait qu'un regard distrait, et
bientôt, impatienté du bavardage de la vieille,
il lui dit avec vivacité : — Mais ! où est-elle
donc votre fille?..

— Biondina ! cria alors la mère, en s'approchant de la porte d'une seconde chambre,
viens donc saluer ce brave officier qui prise
tant ton travail... Et tandis qu'elle parlait
ainsi, le regard du duc, plein d'une avide curiosité, restait fixé sur la porte entr'ouverte,

et, pensant à l'aimable apparition du balcon, il s'attendait, en dépit de tous les récits contraires, à la voir paraître encore.

— Viens donc, répéta la mère, n'impatiente point ce bon seigneur; tes cheveux sont bien comme cela, viens seulement, ma fille!...

Dans ce moment la porte s'ouvrit, et Biondina parut.

— Par Dieu et tous les saints! Rouvois n'est qu'un sot! s'écria le duc, en contemplant avec ravissement le visage angélique de la jeune fille, est-ce donc là votre fille, signora?...

— Pour vous servir, répondit la veuve, mais pourquoi cette exclamation? et quel est ce Rouvois que je ne connais point?...

— Ah! pardon, signora! reprit le duc en tâchant de réparer son étourderie, mais, voyez-vous, mauvaise habitude de soldat.... Quand quelque chose me surprend, il m'arrive de jurer le premier nom qui me vient à l'esprit... Pardon encore! mais, ma bonne dame, vous en êtes la première cause; vous m'aviez dépeint votre fille comme étant presque laide;... et par Dieu!... Il se tourna vers la jeune fille, qui, s'étant placée devant la table, semblait l'examiner d'un regard pénétrant, mais qui baissait les yeux aussitôt qu'ils rencontraient les siens.

— Sur mon âme ! continua-t-il, je ne sais à quoi vous avez pensé quand vous me dites que votre Biondina n'était point belle !... Vous ne méritez point que le ciel vous ait gratifiée d'un tel trésor !...

En entendant ces mots, les lis qui couvraient le visage de la belle fille, se changèrent en roses, et les roses de ses joues devinrent pourpres.

— Mais regardez-la donc ! dit encore le duc, avec admiration. Voyez cet œil baissé, ombragé de longues paupières noires ! Malheur à celui sur qui ces yeux se lèveraient avec colère ! Mais trois fois malheur à celui sur qui ils s'attacheraient avec amour, car il mourrait de ravissement.... Et cette bouche qu'anime un fin et gracieux sourire ! Et ces lèvres purpurines si doucement arrondies, où le dieu d'amour a trouvé son berceau.... Et ces boucles noires, soyeuses, brillantes, qui de leur abondance couvrent son cou d'albâtre et ses épaules d'ivoire !......

— Maître cuirassier, dit la vieille signora
en interrompant le duc au milieu de l'expression de son admiration, il me paraît que
vous avez été plutôt à l'école de maître Pé-
trarque qu'à celle du marquis de Pescaire,
car avec le seul œil que vous nous montrez,
vous voyez plus de choses que moi avec les
deux miens. Tâchez de mettre un frein à
votre langue, s'il vous plaît ! Vos éloges em-
barrassent ma fille, et sa besogne en souffri-
rait : et comme maintenant vous devez être
sûr qu'elle travaillera pour vous, je pense
que vous ne la troublerez pas plus long-
temps... Ces derniers mots semblaient un
congé. Le duc ne fit pas semblant d'en comprendre la signification. — Oh ! je ne la dé-
rangerai pas le moins du monde, dit-il, en
tirant un siége, et en s'asseyant vis-à-vis de
la belle brodeuse.

— Voilà bien le soldat ! murmura la vieille
dame d'un air mécontent, là où il entre il
s'établit ! Cependant, maître, continua-t-elle
après avoir jeté un coup d'œil sur Biondina,
si vous voulez me promettre de ne plus étourdir ma fille de vos fades compliments, et de
rester là bien tranquille, je vous permettrai

le plaisir de la voir encore quelques instants.
Le duc fit un signe de tête affirmatif : elle prit
alors son ouvrage; le duc, toujours plongé dans
sa contemplation, n'ouvrait plus la bouche. Un
profond silence s'établit bientôt dans la petite
chambre, et il ne fut interrompu que par la
vieille servante, qui appela un instant sa maîtresse pour quelque chose de relatif au petit
ménage.

Le duc, demeuré seul avec la belle fille, ne
pouvait se lasser de l'admirer; tout à coup,
oubliant son déguisement et le rôle qu'il
jouait, il se leva, saisit la main blanche de
Biondina, et voulut la porter à ses lèvres. Mais
celle-ci, la retirant précipitamment, se leva et
dit avec fierté : — Si le duc de Nemours trouve
quelque plaisir à rechercher la société d'une
fille honnête et sage, qu'il se montre à elle
tel qu'il est : la nature l'a fait de manière à
ce que nul costume ne le déguise....

Le duc, déconcerté par ces paroles, ne sut
dans le premier moment que répondre, mais
il était trop adroit pour que son embarras
durât bien long-temps; et, employant ce langage recherché appelé *euphuisme,* que par-

laient alors les élégants de cour, il lui dit
avec gaîté : — Sur ma parole! signora, vos yeux
divins, incomparables, sont aussi pénétrants
que les miens, qui, en vous voyant, avaient,
malgré votre masque, deviné votre excel-
lente beauté!... Or donc, puisqu'en dépit
de cette longue barbe et de ce bandeau
noir, vous avez reconnu le duc de Nemours,
qu'il lui soit permis de venir demain sans
déguisement remercier l'aimable Biondina
de la couronne qu'il en a reçue, et de lui dire
que les roses qui les composaient ne sont
qu'une bien faible image de celles qu'il voit
aujourd'hui répandues sur votre charmant
visage.

— Gracieux duc, répondit la jeune fille,
est-il bien généreux à vous de me rappeler
une folie qu'un malicieux démon m'a inspi-
rée dans un moment où mon cœur aurait dû
être tout occupé de choses saintes et graves?...
Faut-il vous avouer pourquoi je me suis
permis cette inconséquence? Je remarquais
que de loin vous aviez déjà les yeux fixés sur
moi ; ce regard hardi m'embarrassa d'autant
plus, que je vis qu'il attirait sur moi l'attention des voisins, et, dans l'impatience que

cette attention me causait, je vous jetai ma couronne, tout-à-fait en colère...

— Et le billet, le billet que je trouvai fixé dans la plus belle rose? interrompit Nemours en riant.

— Quel billet? demanda Biondina sans se troubler.

— Ce billet qui me dit des choses plus flatteuses que je ne les mérite. repartit le duc en lui montrant la petite bande de papier qu'il portait sur lui comme une relique.

— Ah! que vois-je? s'écria-t-elle avec effroi, tandis que la rougeur de la colère se répandait sur son charmant visage: Jacintha, quel tour indigne tu m'as joué là!.. Mais, seigneur duc, je veux vous donner la preuve que je n'ai point écrit ce billet, continua-t-elle; et, prenant aussitôt une plume, de l'encre et du papier, elle écrivit deux lignes, et les présenta vivement à Nemours, en disant : — Lisez et jugez!...

Le duc compara les deux billets : il n'y avait pas la moindre ressemblance dans les caractères; pourtant les mots du second ne lui parurent pas sans signification. Biondina avait écrit : *Si j'aimais, je saurais mieux le cacher.*

La vanité du duc se trouva singulièrement
blessée par cette déclaration ; car non-seulement Biondina, en jetant la couronne, n'a-
vait obéi qu'à un mouvement d'impatience ;
mais ce billet, qu'il regardait encore quelques
instants auparavant comme un gage d'amour,
n'était qu'une piquante mystification.

— Mais pourquoi, alors, reprit le duc après
un moment de réflexion, et pour rendre à la
jeune fille un peu de la confusion qui l'accablait, pourquoi, belle Biondina, avez-vous
soulevé votre masque, un instant seulement,
mais enfin assez pour que je vous visse de
manière à ne jamais vous oublier ?

— Seigneur duc, dit la belle fille en se levant de son siége, et l'aimable sourire de ses
lèvres fit place à une expression imposante
et grave, le cœur de l'homme est souvent
agité de passions de plusieurs sortes : l'amour
le blesse, la vanité s'y loge et s'y berce comme
sur un lit commode, et des vœux non satis-
faits troublent éternellement son repos ; souvent aussi l'orgueil, d'un vol hardi, l'entraîne, l'emporte vers des hauteurs pour lesquelles l'âme n'est point faite, et ce n'est

15

point sans douleur qu'elle revient de ces courses insensées.... Grâce au ciel, jusqu'ici les
flèches de l'amour ne m'ont point atteinte ;
je comprends à peine son délire. La vanité
n'a jamais trouble ma vie, mais l'orgueil
m'a saisie. Ce fut lui qui m'excita à montrer mon visage à l'homme orgueilleux et léger qui regarde tout cœur de femme comme
une proie qui lui est dévolue ; ce fut l'orgueil
qui m'induisit à m'attirer son attention, à
combattre, pour l'honneur des filles d'Italie,
méprisées par un étranger ;... enfin, à lui
prouver que si aucune femme n'est à l'abri de
ses séductions, Biondina, l'obscure et fière
Biondina saura lui résister... D'après cet aveu,
vous pouvez conclure, seigneur duc, que je
n'ai point écrit ce billet ni les plates flatteries
qu'il contient...

Ce discours, prononcé d'un ton très-fier,
loin de refroidir le duc, lui rendit, au contraire, cette aventure plus piquante. Jamais
encore une femme ne l'avait plus franche-
ment appelé au combat ; jamais, non plus,
il ne lui était tombé dans l'esprit que le cœur
d'une fille pauvre et sans naissance pût résister
à son or et à la double puissance de son nom et

de sa personne ; il sentit dans cette lutte nouvelle de l'orgueil et du plaisir.

Signora, dit-il enfin avec un sourire un peu
forcé , je ne puis, certes, que gagner à un tel
combat; mais il faut me fournir l'occasion de
le commencer. Dans les moments que je pas-
se près de vous, j'en recueille déjà les fruits,
car la seule contemplation de ce céleste visage me rend plus heureux que mille victoires.

— Seigneur duc , reprit Biondina , et le
gracieux sourire reparut autour de sa bouche
de rose , vous savez déjà que je n'accorde
rien à la vanité ; et, de ce côté, vous me ren-
dez la victoire facile. Au surplus , continua-
t-elle en plaisantant, je vous conseille de remettre l'attaque à demain , car, en vérité ,
l'accoutrement ridicule dans lequel je vous
vois devant moi pourrait gâter votre jeu. Le
regard d'un seul œil, quelque vif qu'il soit,
pénètre mal un cœur, et l'amour, vous le savez, en veut deux... Cette barbe touffue ab-
sorbe les paroles séduisantes de vos lèvres, et
le large baudrier qui soutient cette formidable
épée espagnole couvre tellement votre cœur
qu'on n'en pourrait distinguer les battements.
Revenez demain, j'y consens ; mais revenez

dans tout l'éclat de votre gloire, et vous verrez que l'humble et pauvre Biondina, qui devait broder un collet pour le cuirassier du
régiment de Pescaire, est assez hardie et en
même temps assez sûre d'elle-même pour recevoir le dangereux duc de Nemours sans
crainte. Ces mots furent accompagnés d'un
petit sourire railleur, qui acheva de déconcerter celui auquel ils s'adressaient. La mère
entra, et le duc, sentant bien que la visite était
terminée, prit congé de la belle et singulière
jeune fille, et sortit un peu piqué de sa défaite,
mais plus amoureux que jamais.

Mon cher ambassadeur, dit-il à Rouvois
quand celui-ci, plein de curiosité, l'eut suivi
dans son cabinet, de qui tiens-tu les beaux
renseignements que tu as recueillis sur la
veuve de la place *del Pigne* et sa charmante
fille ?...

— Mais, monseigneur, répondit le valet,
un peu interdit, je les tiens, je crois, de
bonne source ; d'abord de la vieille mégère
qui m'a ouvert la porte, et il m'en a coûté

pour cela une douce parole et un scudo; se-
condement d'un marchand d'oranges qui demeure en face de la maison, et auquel j'ai
acheté une douzaine de ses fruits, pour le
faire jaser; troisièmement du vendeur de macaronis du coin de la place, qui ne m'a demandé qu'un bajocho pour sa complaisance;
quatrièmement...—Oh! fais-moi grâce, mon
pauvre Rouvois; en voilà bien assez : apprends
que tu n'es qu'un sot; et si tu veux t'en convaincre, va sur la place *del Pigne*, entre dans la
maison en question, ouvre avec respect la
porte d'une petite chambre au premier, et
là tu verras, auprès de la fenêtre, une jeune
fille assise, qui réunit en sa personne tout ce
que l'imagination des peintres et des poètes
a pu rêver de grâce, de charmes et de beauté, et qui joint à la noble fierté d'une princesse la touchante simplicité d'une bergère.
—Et qui, à ce que je vois, sera pour ce moment la *préférée*, répondit le valet avec hardiesse; car votre caprice seul, monseigneur,
vous enchaîne au char d'une belle. Votre
imagination, si vagabonde qu'elle soit, possède l'art magique de Merlin pour transfor-
mer le médiocre en sublime; mais aussi, la

passion satisfaite, la beauté, les grâces et tout
le brillant attirail disparaît. Il en est alors
des pauvres délaissées comme des fleurs de
nos parterres : à peine le zéphyre les a-t-il effeuillées de son souffle badin, qu'il les dé-
daigne et court à de plus nouvelles, sans se
souvenir de celles qu'il adorait encore la
veille.

On voit que le serviteur était versé dans
la connaissance du langage fleuri de son maître, et que celui-ci, selon les mœurs du temps,
avait admis dans sa familiarité, et surtout sur
ce chapitre, son premier domestique. Toutefois, la réflexion de ce dernier, loin d'exciter sa gaîté comme à l'ordinaire, le rendit
grave. — Tu es dans l'erreur, dit-il, je t'ai dit
la vérité ; et même ma vanité trouve si peu
d'aliment dans cette singulière rencontre,
que mon imagination, que tu accuses, n'a
aucune raison pour idéaliser la charmante
amazone qui m'appelle au combat.

Il raconta alors à Rouvois tout son entretien avec Biondina; mais, tandis qu'il peignait
avec feu la noble fierté qui s'unissait, chez
cette aimable fille, à tout ce que la grâce a de
plus irrésistible, le rusé valet se mit à rire.

— Eh bien ! que signifie cette gaîté hors de saison ? dit en s'interrompant le duc, un peu piqué ; doutes-tu aussi de ceci ? — Pas le moins du monde ! repartit Rouvois ; seulement je crois que tout ce que vous me contez de la singulière et ravissante fille qui provoque si hardiment le beau et redoutable duc de Nemours, était préparé d'avance ; pardonnez-le moi, monseigneur, mais la charmante signora me paraît fort adroite : elle connaît l'inconstance et la légèreté de mon digne maître, et, avant de se rendre, elle espère lier ses ailes d'or, aussi bien que ses ailes de plumes ; c'est pourquoi le fidèle serviteur que vous honorez de votre confiance doit vous avertir de vous tenir sur vos gardes, et, quoiqu'il lui en coûte de vous contrarier, il vous répétera : Défiez-vous de la veuve et de la fille ! — Allons, trève de sermons, maître Rouvois, dit le duc en riant ; va sous un prétexte chez elle, vois la jeune fille, examine-la, et tu te convaincras que, s'il est rare de trouver une telle beauté, il est plus rare encore de la voir accompagnée d'autant d'esprit, de raison et de modestie.

Rouvois ne se le fit pas dire deux fois. Il se rendit aussitôt sur la place *Del-Pigne;* en passant devant le marchant de macaronis, il lui demanda encore des détails sur la signora qui habitait la maison en face. — Ma foi, mon bon monsieur, répondit cet homme, si je n'étais pas un pauvre diable, je vous rendrais volontier le bajocho dont vous avez payé ma complaisance il y a quelques jours; mais que voulez-vous? j'ai été obligé de vous mentir, par l'ordre de la signora (eh! qui pourrait résister à ses paroles !): elle m'a recommandé de dire à tous ceux qui s'informeraient d'elle près de moi, qu'elle était laide à faire peur. Par saint Janvier! me suis-je dit, voilà une drôle d'envie... J'ai souvent vu une laide se faire passer pour belle, mais le contraire jamais.

Rouvois quitta le marchand, et s'approcha de la boutique du vendeur d'oranges. — Je parie, dit celui-ci du plus loin qu'il aperçut le valet, que vous venez pour me faire des reproches; mais par tous les saints ! mon cher signor, comment voulez-vous qu'un homme résiste quand un bel ange lui fait une prière?... Je vous ai fait un conte, la signora est plus belle que Notre-Dame du Mont-Carmel; sa peau est blanche et unie

comme du satin, l'éclair de ses beaux yeux
pénètre tous les cœurs, et ce serait un vrai
péché de dire que ces yeux-là louchent; et la
bouche! *la bocca!* mon cher signor! Ah!
quand la charmante fille vient ici, et que de
sa blanche main elle choisit une orange, l'é-
pluche, et la porte à cette bouche divine, sans
mentir j'ai cent fois fait le vœu d'être l'heureux fruit au lieu d'en être le marchand.

—Parbleu! dit Rouvois en s'acheminant vers
la maison, il faut qu'en effet cette fille ait
quelque chose de bien merveilleux pour sub-
juguer ainsi ce fripon de marchand de macaronis et ce pauvre vendeur d'oranges! Au
surplus, nous allons voir...

La vieille grimaude qui l'avait déjà reçu,
sortit de sa cuisine enfumée, et un méchant
sourire, qui contracta subitement ses lèvres à
la vue de Rouvois, rendit sa laideur encore
plus repoussante.

— Vous désirez, sans doute, saluer ma digne maîtresse, la signora ainsi que sa fille,
dit-elle avec empressement; mais pour cela
il me faut deux scudi, car si vous m'en avez
donné un pour savoir qu'elle était laide, vous

ne regretterez pas de m'en donner deux pour
voir qu'elle est belle comme le jour...

— Écoute, vieille sorcière! interrompit
Rouvois, que ce début commençait à impa-
tienter, et qui croyait reconnaître dans ce
discours non équivoque le manége ordinaire
des vieilles de son espèce, tu me laisseras entrer
sans nouveau scudo, car je viens de la part de
mon maître, le noble duc de Nemours,
chargé d'un message pour ta maîtresse.

— Notre-Dame ! s'écria la vieille avec un
vif dépit, qui l'eût dit? quoi! vous n'êtes
qu'un valet ! En vous voyant aller fier comme
un paon, vêtu de soie, une épée au côté
comme un cavalier français, je vous ai pris
pour un seigneur. Ah, si j'avais su l'autre
fois, je n'aurais pas pris tant de précaution
en vous parlant, et je n'eusse pas accepté
votre scudo, car à Naples, vous le savez,
un serviteur ne prend rien de l'autre.

— Eh bien, rends-moi mon scudo, vieux
dragon, dit Rouvois en riant, quoiqu'un peu
piqué. —Ah ! pour celui-là, je ne l'ai plus, je
l'ai donné aux capucins pour faire dire des
messes pour votre salut, signor francese !...
En disant ces mots d'un air ironique, la vieille

servante rentra dans la cuisine et referma la porte sur elle.

Rouvois réfléchit un instant, et, plus que jamais convaincu de ne s'être point trompé dans ses conjectures, il monta l'escalier, frappa à la porte de la chambre, et une voix criarde lui dit : — Entrez. Il ouvrit la porte, salua la veuve, et s'approcha de sa fille, qui, placée devant la fenêtre, lui tournait à peu près le dos sans paraître remarquer sa présence.—Signora, lui dit-il, mon maître, le duc de Nemours, dont je suis le premier domestique, m'envoie...

Dans ce moment, Biondina se retourna tout-à-fait, et le regarda fixement ; et le valet, qui ne se trouvait jamais embarrassé, fut si complétement déconcerté par ce regard imposant, qu'il oublia le discours étudié qu'il avait préparé ; il restait immobile, et les yeux fixés sur la belle fille avec l'expression d'une surprise mêlée d'admiration, car rien de si beau ne s'était jamais offert à ses regards. — Le premier domestique du noble duc de Nemours ? dit Biondina d'un air offensé, que nous veut votre maître ?... car votre regard

insolent ne nous fait pas connaître le motif
de votre présence ici...

Rouvois , arraché à son extase par le ton
fier et les paroles piquantes de la belle , eut
quelque peine à recouvrer sa présence d'esprit. Toutefois, rappelant à sa mémoire le
commencement de son discours:—Signora ,
lui dit-il d'un air qu'il s'efforçait de rendre
gracieux , mon maître vous envoie cette
simple rose blanche, avec la prière de lui accorder sur votre divine personne une place
où le reflet de celles qui couvrent vos joues
puisse parvenir et colorer cette fleur.

Il lui présenta la rose avec un salut res-
pectueux, mais Biondina ne la prit point.

—Dites à votre maître, répondit-elle, que ,
s'il est d'usage en France, comme en Italie ,
de faire aux dames de simples présents ,
comme des fleurs, par exemple, qui peuvent
servir d'emblême au sentiment, à Naples on
n'envoie point de tels présents par un valet.

— Signora , répliqua Rouvois , d'un air
courroucé , j'ai souvent eu le bonheur de
porter de semblables présents à des dames
d'un plus haut rang que vous, qui les rece-

vaient de mes mains avec plus de reconnaissance...

— Je crois facilement, dit Biondina avec
hauteur et dédain, que votre maître vous a
employé plus d'une fois à de tels messages ;
aussi n'avez-vous pas encore appris à faire la
véritable distinction qui existe entre les
femmes ; le rang ne donne pas toujours le
mérite et la vertu. Il est telle duchesse qui
recevrait de vous, en vous récompensant
peut-être, cette rose que Biondina refuse
en vous ordonnant de sortir de sa présence.

En disant ces mots, elle lui tourna le dos,
et ne parut plus s'occuper de lui.

— Parbleu, signora, dit Rouvois à la
mère, votre fille est aussi belle de corps que
peu gracieuse d'esprit ; quand on est obligé
de vivre du travail de ses mains, on devrait
du moins être plus polie. S'il plaît à Dieu, je
ne remettrai plus les pieds dans cette maison !

— Comme il vous plaira, monsieur le
premier valet du duc de Nemours ! répondit
la vieille dame en le reconduisant à la porte.
Adieu ! portez-vous bien !...

Rouvois quitta la maison tout en colère. Le vendeur d'oranges était encore sur la porte de sa boutique, et lui faisait signe de venir; mais le valet, outré, avait aussi peu d'envie d'acheter des oranges que d'entendre les éloges du poétique marchand sur la beauté hautaine qui venait de l'humilier. Toutefois il ne put échapper complétement au faiseur de macaronis, qui, l'arrêtant dans sa marche, lui dit d'un air ravi :—Eh bien, signor! hein, qu'en dites-vous? N'est-ce pas un ange?..

— C'est une orgueilleuse! répondit Rouvois en se défaisant de lui, et qui ne mérite pas son bonheur.

Quand le duc rentra pour dîner, sa première question fut : — Eh bien, Rouvois, l'as-tu vue ?

— Oui, monseigneur.

— As-tu jamais contemplé un visage plus gracieux, une plus charmante personne?

— Non, monseigneur.

— As-tu trouvé dans toute ta vie une femme qui, comme elle, réunisse à un aussi haut degré les grâces de l'esprit, la douceur des manières, la noble dignité d'une

vierge, et dont les discours, pleins de modestie
et de simplicité, peignent une âme plus céleste encore?

— Oh! pour cela, monseigneur, j'aurais
bien des choses à dire!..

— Rouvois, es-tu sourd ou aveugle?..

— Ni l'un ni l'autre, monseigneur : j'ai vu
une rose ; et il faut avouer que, ni dans les
jardins d'Italie, ni dans les campagnes de
France, il ne s'en trouve pas une plus belle :
Buonarotti lui même ne trouverait rien à reprendre aux belles proportions de son corps.
Sa taille est droite et élancée, souple et volup-
tueuse ; sa peau a la blancheur des lis baignée
dans la rougeur des roses ; des yeux qui à la
fois attirent l'amour et imposent le respect ;
une bouche! sur ma foi, je dis comme le vendeur d'oranges, cette bouche enchante quand
elle s'entr'ouvre... Mais. .

— Eh bien! interrompit le duc avec impatience, car la description de Rouvois enflammait encore son imagination, parle!
que veut dire ce mais?...

— Attendez, monseigneur, le plus beau ne
doit venir qu'à la fin. Cette bouche divine
peut exhaler les parfums de l'ambre le plus

pur, et son souffle emprunter l'odeur em-
baumée du réséda et de la jonquille ; mais si
ce souffle aromatique se transforme en paroles, tout est fini : car de ma vie je n'ai entendu si laids propos sortir d'une aussi jolie
bouche...

— Explique-toi ! dit le duc, avec une
vive curiosité. Alors Rouvois raconta à son
maître tout ce qui lui était arrivé dans sa visite à la place *Del-Pigne*. Piqué au vif dans
sa vanité, il n'omit point les propos de la
vieille mégère qui avait eu l'audace de le
traiter comme son pareil ; il n'oublia point
de rappeler que la signora, dès le jour de la
procession, avait prié les voisins de la peindre,
à ceux qui viendraient s'informer d'elle, comme étant louche et laide, ce qui annonçait, selon lui, déjà des projets, et peut-être une
ruse cachée ; il répéta le discours insultant
qu'elle lui avait tenu à lui-même, le refus
méprisant de la rose qu'elle n'avait pas daigné toucher ; enfin il n'oublia rien pour faire
partager ses préventions à son maître, et,
exprimant sa mauvaise humeur et le dépit
qu'il ressentait du mauvais traitement qu'il
avait reçu de la belle fille, il ne pouvait s'em-

pêcher de parler de la beauté de l'incomparable Biondina.

Le duc ne fut attentif qu'à cette partie de son discours. — Mais comment se fait-il qu'un garçon adroit comme toi, dans tout ce qui regarde le commerce des femmes, ait montré si peu de discernement dans cette occasion? Comment as-tu osé offrir une simple rose à la dame de ton maître? De semblables présents n'ont en effet de valeur que par la main qui les donne, et je comprends le juste ressentiment de la belle; et, d'après la connaissance que j'ai de son caractère,...

— Ne vous flattez pas tant, monseigneur, cette fille n'est point facile à connaître; elle me paraît de l'espèce des caméléons, et peut être changeante de cœur comme de visage; mais, mon cher maître, si j'ai toujours été votre fidèle messager dans de semblables aventures, si je vous ai quelquefois, comme un bon chrétien, averti et conseillé de ne point troubler le repos de l'innocence, de même je vous supplie d'écouter aujourd'hui la voix de mon expérience. Vous avez affaire ici à forte partie; mais ce cœur double doit être trompé

16

dans son attente, et fiez-vous en votre fidèle
serviteur, pour vous venger de cette orgueilleuse...

— Rouvois, interrompit le duc avec sévérité, vous oubliez que celle dont vous parlez
est la dame de mon cœur...

— Je ne l'oublie point, monseigneur, je
ne l'oublie point ! Malheureusement !... Au
surplus, tant que vous n'aurez pas besoin de mon secours, je me tairai ; si vous
réussissez sans moi, les amours ne dureront
pas long-temps, et alors.... Biondina eût-
elle été la dame de votre cœur, vous ne me
punirez pas, je le sais, d'en tirer une petite
vengeance ;... si elle vous résiste, au contraire.., oh ! ma foi, si elle vous résiste,
vous aurez besoin de Rouvois... Et c'est là
que je vous attends, ajouta-t-il tout bas. Le
duc ne répondit rien, le discours de son valet
l'avait rendu pensif.

———

Le soir même, et comme l'obscurité commençait à descendre sur la ville, le jeune de
Nemours se rendit chez la Biondina. Il la
trouva occupée à broder une magnifique

écharpe de soie rouge avec des fils d'or. La belle brodeuse le reçut poliment, mais avec froideur. Un léger nuage obscurcissait son front, circonstance que le duc attribua à la scène du matin.

— Je viens, dit-il, réparer la maladresse d'un serviteur empressé, mais mal habile ; je lui avais donné l'ordre de se procurer la plus belle rose qui pourrait se trouver dans les corbeilles de nos bouquetières , et de me l'apporter ; dans son zèle irréfléchi, l'étourdi vous a présenté lui-même ce léger présent, que vous ne pouviez en effet recevoir que de moi... Biondina sourit. Vous ne paraissez pas ajouter foi à mes paroles , charmante signora, continua le duc.

— Noble duc , répondit-elle, à quoi bon des excuses ? Elles ne diminueront pas l'insolence de votre valet et elles ne rendront point votre impolitesse, pardonnez ma franchise, moins offensante pour moi.

— Mon impolitesse ! s'écria le duc, surpris.

— Oui, noble duc : la rose qu'on achète pour un bajocho, chez une bouquetière, n'a pour moi aucun prix, quand même votre main me l'offrirait...

— Eh quoi ! n'avez-vous pas deviné la prière cachée sous ce simple présent ?...

— Non, en vérité ! si votre main l'eût cueillie pour moi, et que vous me l'eussiez donnée vous-même ; si vous m'aviez persuadé que votre cœur, et non votre bouche seule, prête un sens délicat à ce don léger, peut-être aurais-je eu la faiblesse de la presser sur mon cœur, et de lui accorder une place..., si toutefois elle pouvait jamais avoir quelque prix pour moi....

Le duc connaissait trop bien l'art de sai-sir avec adresse tout ce qui pouvait le con-duire à son but, pour laisser échapper le fil léger que lui présentait l'adroite Biondina: mettant aussitôt en jeu toute son habileté, il sut profiter de l'absence de la mère, et de l'espèce de trouble qu'il remarqua chez Biondina, pour s'avancer dans la connais-sance de ce cœur, qui semblait vouloir se dé-rober à son pouvoir.

En effet, Biondina en avait dit plus qu'elle ne voulait, et quelque réservées que fussent alors ses paroles, elles trahissaient à ce pro-fond connaisseur du cœur des femmes, le secret qu'elle s'efforçait de cacher : le duc fut

bientôt certain qu'il n'était pas indifférent à la
belle fille, et il bâtit son plan en conséquence.
Il s'appliqua à lui prouver une tendresse
vive et passionnée , il lui montra une sym-
pathie séductrice pour les sentiments les
plus délicats du cœur d'une jeune fille ; et
comme il eut bientôt remarqué qu'elle portait dans ses affections, aussi bien que dans
ses principes , une élévation d'âme qui ne
voulait point être surpassée , il crut la domi-
ner par un enthousiasme qu'il n'avait pas
coutume d'affecter ; il s'exalta d'abord par
calcul , mais ensuite de bonne foi , et sans
s'en douter , il se trouva pris dans le cercle
magique que Biondina avait tracé autour
d'elle.

Ce fut peut-être pour la première fois de
sa vie que le jeune duc de Nemours quitta
une femme qui lui eût fait éprouver autre
chose que les émotions d'un vulgaire amour ;
il retourna chez lui pensif et rêveur. Rouvois secoua la tête d'un air significatif en
voyant son maître ainsi préoccupé ; mais il
ne dit rien. Le duc, de son côté, ne prononça
pas le nom de la jeune fille, et ne fit aucune
allusion à ce qui lui était arrivé. Rouvois se

garda bien de faire une question, et sans que
le duc, selon sa coutume, lui eût fait le récit
de ses aventures dans la journée, il le désha-
billa, et le laissa muet et soucieux.

La belle aurait-elle rejeté ses vœux aussi
peu gracieusement qu'elle a fait tantôt de
ma rose? pensa le serviteur en se couchant ;
ou bien, et c'est ce qui pourrait arriver de
pis, en tiendrait-il réellement cette fois?
Alors il faudrait dire adieu à notre vie
joyeuse.... Cette idée inquiétante tint Rouvois long-temps éveillé, et il fit bien des
plans pour prévenir ce malheur ; cependant
l'inconstance naturelle de son maître ne tarda pas à le rassurer, et il s'endormit plus
tranquille.

Le lendemain, le duc se rendit chez un
fameux joaillier de la rue de Tolède, et y
acheta une agrafe magnifique, disposée en
rose, et composée des plus belles pierreries.
De là il alla, suivi d'un nombreux cortége de
domestiques sur la place *Del-Pigne*, et,
après avoir congédié sa suite, il entra dans
la maison de la Biondina, avec un sentiment
bien différent de celui de la veille. Il se sentait oppressé et presque tremblant ; cepen-

dant son trouble se dissipa un peu, en re-
voyant la belle fille, occupée comme la veille
à broder l'écharpe pourpre.

Biondina le reçut avec grâce, et, en le
voyant, une douce gaîté se répandit sur tout
son visage. Elle s'approcha de lui avec une
aimable candeur; et, comme si la soirée de
la veille les eût rapprochés d'une manière
plus intime, elle lui tendit la main, et l'in-
vita gracieusement à s'asseoir près d'elle. La
mère paraissait aussi mieux disposée en sa
faveur; elle le laissa plusieurs fois seul avec
sa fille, ou parut faire peu d'attention à leur
entretien.

Biondina était d'une humeur charmante;
elle développa dans sa conversation tant d'esprit, elle manifesta une manière de penser
si noble, des sentiments si généreux, que le
jeune duc, ravi, ne savait ce qu'il devait admirer le plus, de l'étendue de son esprit, de
l'élévation de son âme, ou de la pureté de
son cœur; il était hors de lui. Il ne s'était
pas encore rendu compte d'une manière bien
exacte de l'espèce de sentiment qu'il éprouvait; et il craignait même de jeter un regard
dans son propre cœur, car cet examen

l'eût convaincu qu'il était atteint par une passion violente, qu'il ne pourrait bientôt plus maîtriser auprès de cette charmante fille. Toutefois, il se sentait délicieusement troublé par une émotion toute nouvelle, et qui jusqu'alors lui était demeurée inconnue ; il était devenu pour lui-même une sorte d'énigme, lui accoutumé à vaincre ! lui, qu'une reine dans tout l'éclat de son rang n'aurait pu déconcerter, se trouvait maintenant timidement assis aux côtés d'une petite bourgeoise italienne, tout absorbé dans la contemplation de sa beauté ; et plus elle se montrait envers lui aimable et cordiale, plus son craintif respect augmentait.

Un observateur désintéressé eût pourtant remarqué dans le sourire de Biondina, dans la ravissante expression de son regard, quelque chose qui n'appartenait pas tout au ciel ; quelques reflets de cette joie un peu terrestre, un peu malicieuse, de voir enfin humilié, à ses pieds, ce vainqueur redouté de son sexe ; et son orgueil n'était pas tellement dégagé de toute vanité de femme, qu'elle pût complétement déguiser cette joie du triomphe. Le duc lui-même en eut plus d'une fois le

soupçon ; mais l'amour n'est-il pas aveugle ?
L'amant, trop épris, repoussa cette pensée, et
se fût regardé comme coupable d'apercevoir
la plus légère tache dans la céleste image
qu'il adorait.

Un bouquet de fleurs placé dans un vase
sur la fenêtre, et au milieu duquel s'élevait
une rose pourpre, amena l'entretien sur les
fleurs, et rappela à Biondina celle que Rouvois lui avait apportée la veille.

— Je vous en prie, dit-elle au duc, ne
m'envoyez jamais cet arrogant personnage ;
le dernier de vos valets, s'il vient de votre
part, sera bien reçu par moi; mais ne char-
gez jamais cet homme de vos messages, et
si vous avez cueilli une rose pour moi, don-
nez-la-moi vous-même; de votre main, je la
recevrai avec plaisir...

L'accent qu'elle mit à ces derniers mots
était si doux et si flatteur, que le duc, qui
cherchait depuis quelques instants le moyen
de faire agréer son présent, saisit l'à-propos.

— Alors, dit-il, en lui présentant la petite cassette qui le contenait, vous ne dédai-
gnerez point celle-ci, charmante Biondina ;

ma main vous l'offre, et je l'ai cueillie pour
vous.

Tandis que sa mère s'était avancée d'un
air curieux, Biondina ouvrit le coffret, jeta
un regard léger et indifférent sur l'agrafe,
comme si de tels joyaux eussent été pour elle
une chose ordinaire ; puis, refermant l'é-
crin, elle le rendit au duc, en disant d'un
air sérieux : — Noble duc, un vil intérêt
seul donne ou reçoit des présents de cette
espèce...

— Signora! s'écria le duc avec chaleur,
je jure devant Dieu que vous vous méprenez
sur mes intentions !

— J'ai peine à le croire, reprit la jeune
fille, habitué que vous êtes à conquérir le
cœur des dames de votre rang par de beaux
faits d'armes, ou ce que vous nommez les
soins de la galanterie, il vous paraît facile
d'entrer dans le jardin d'un bourgeois où
vous voyez fleurir une rose agréable, et d'a-
cheter ses bonnes grâces par de l'or et des
bijoux... Sachez, duc de Nemours, que ni
l'éclat de votre renommée, ni les trésors du
Pactole ne vous obtiendraient un serrement
de main de la fille de cette pauvre veuve.

L'amour seul paie l'amour; le cœur se donne
et ne s'achète point. Je crois vous devoir ce
franc aveu, et je vous le fais d'un cœur un
peu ému. Votre action m'a surprise, car ce
qui l'a précédée m'avait laissé croire que votre
estime, que grâce au ciel je mérite, était
égale à votre bienveillance pour moi... C'est
pourquoi reprenez ces bijoux, continua-t-
elle avec vivacité, car ils me brûlent la
main !..

Le duc reçut la cassette; et dans ce moment les sentiments les plus divers combat-
taient dans son âme : son orgueil était offensé, sa vanité blessée, et pourtant il ne
pouvait blâmer le noble dédain de la belle
fille ; le meilleur mouvement l'emporta.

— Vous m'avez fait de la peine ! signora,
dit-il douloureusement; mais vous avez bien
agi, et je vous en honore doublement. Cependant je vous en conjure, ne soyez point
irritée contre moi, j'ai cru bien faire, et mes
vues étaient pures; mon cœur n'espérait point
d'autre récompense qu'un doux regard ;
cette légère faveur lui eût suffi.

Ces mots parurent toucher Biondina : involontairement elle lui tendit la main, et

pour la première fois l'heureux Nemours la
pressa sur ses lèvres, sur son cœur; il prit
la cassette, et, hors d'état de maîtriser sa
violente émotion, il s'enfuit en balbutiant
quélques mots d'adieu, emportant avec lui
un sentiment plein de trouble et de bonheur.

Au bas de l'escalier, il rencontra la vieille
servante. — Tiens !... lui dit-il, en lui mettant la cassette entre les mains, elle a dédaigné mon présent, peut-être te rendra-t-il
heureuse.. Et à moi aussi, ces pierreries me
brûlent la main. Il sortit précipitamment.

———

Il n'était pas midi quand le duc rentra
chez lui, et, contre son ordinaire, il désira
dîner seul. Il était encore plus silencieux que
la veille. Pendant ce court repas, il parla
très-peu à Rouvois, mangea à peine, mais
vida plusieurs coupes de vin l'une après
l'autre Le serviteur attentif devina ce qui se
passait dans l'âme de son maître. Ainsi donc,
se dit-il, après le dîner, en se promenant dans
l'antichambre, tandis que le duc, sous prétexte de faire la sieste, s'était retiré dans son
cabinet pour penser en liberté à sa Biondina,

ainsi donc cette fois le fripon d'amour t'a atteint ! et tu portes au cœur sa flèche la plus aiguë ! Mais j'espère que ce sera pour peu de temps, car une longue résistance te fatigue, ou une trop rapide victoire ne te laisse qu'ennui et dégoût... Non ! cela ne durera pas, il reviendra bientôt à moi, et alors... Dans ce moment on frappa à la porte à plusieurs reprises : — N'est-il donc là aucun domestique, cria-t-il impatienté, ces drôles sont-ils déjà tous à dormir ?...

On frappa de nouveau. — Faudra-t-il que le premier valet de chambre du duc de Nemours aille lui-même ouvrir comme un portier, à quelques jeunes créatures de bonne volonté peut-être, comme il en vient souvent dans cette maison !... Ah oui ! elles seraient bien venues dans ce moment !.. Mon enfant, nous ne nous soucions aujourd'hui ni de fruits, ni de fleurs ; nous avons bien autre chose en tête, ma foi...

Ce monologue de Rouvois fut encore interrompu par les coups du marteau de la porte, et le premier valet de chambre du duc, furieux d'être obligé de faire un office si contraire à sa dignité, alla ouvrir de fort

mauvaise humeur ; mais, au lieu de la bouquetière ou de la vendeuse de fruits qu'il
supposait, il ne trouva que la vieille servante
de la place *Del-Pigne*.

— Que cherches-tu ici, vénérable aïeule
de toutes les sorcières ! lui dit-il en colère ;
n'est-ce pas assez que j'aie déjà été obligé
de voir deux fois ton masque diabolique,
et encore de payer ce doux aspect d'un
bon scudo, faut-il que tu me poursuives
jusqu'ici?..

— Signor valet, répondit la vieille d'un
ton moqueur, il paraît que ce scudo vous
tient bien au cœur ; mais comme vous me le
reprochez si gracieusement, il y aurait autant
de honte pour moi à le garder qu'à l'avoir
reçu. Je n'ai point fait dire de messes pour
votre salut, c'eût été de l'argent perdu, car
les prières de notre saint père le pape y per-
draient leur vertu.

En disant cela, elle lui présenta un scudo
enfermé dans du papier.

L'orgueil de Rouvois ne lui permit point
de le recevoir : — Garde-le, la vieille, dit-il,
moitié plaisantant et moitié piqué ; car je
serais bien trompé si, en passant par tes mains

crasseuses, il n'est pas devenu fausse mon-
naie... Mais que viens-tu faire dans cette
maison?...

— Je veux parler au duc de Nemours.

— De la part de la fille de ta pauvre maîtresse, qui a plus d'orgueil que de biens, et
plus d'aigres paroles à la bouche que de scudi dans son coffre?...

— Parlez avec plus de respect de ma dame
et maîtresse, et surtout de son incomparable fille, monsieur le premier valet de chambre, il pourrait vous en repentir un jour!...

— Ah, ah! s'écria Rouvois en riant aux
éclats, tu veux me la donner belle! Apprends,
ma pauvre vieille, qu'avec notre jeune maître, de telles amours ne durent que le temps
de l'ivresse d'une coupe de vin de Lacrima-
Christi : après le réveil tout est fini; mais
peut-être que la signora Biondina compte
autrement? ou bien, sa vertu se sentant aux
abois, son orgueil est-il abattu?...

— Garde à toi! dit la vieille, levant vers lui
son doigt long et osseux, d'un air de menace:
sa taille habituellement voûtée se redressa,
elle attacha sur Rouvois un regard sinistre
comme celui de ces êtres malfaisants, aux-

quels la superstition d'alors attribuait de
mystérieux rapports avec le démon ; et Rouvois, en l'entendant répéter d'une voix sépul-
crale, garde à toi!... ne put maîtriser une
secrète terreur, un frisson parcourut tous ses
membres , et il se montra de ce moment
moins incivil envers elle.

—Eh bien! dit-il alors, d'un ton plus doux,
que voulez-vous ? et qu'avez-vous à faire auprès de mon maître? Je ne puis laisser entrer personne maintenant; mais si vous avez
un billet de votre maîtresse ou un message
qui ne permette point de retard, je m'en
chargerai, pourvu que cela en vaille la peine..

— Je n'ai pour le duc ni billet, ni message de ma jeune maîtresse, interrompit la
vieille, elle ne sait seulement pas que je suis
venue; c'est pour moi-même que je venais
trouver le duc, j'avais à lui rendre quelque
chose, comme à vous le scudo; mais puisque
c'est ainsi, vous pouvez en effet vous en char-
ger, car je ne veux pas plus des présents du
maître que de l'argent du valet : prenez donc
ce qui vous appartient, et remettez-lui cette
cassette. En disant ces mots, elle posa sur

une table le scudo, et la boîte à la rose de
brillants, puis elle quitta la salle.

La surprise de Rouvois fut extrême quand
il ouvrit la cassette et qu'il en vit le contenu.
—Est-il possible, s'écria-t-il, que l'amour bou-
leverse à ce point la cervelle d'un homme ordinairement plein de bon sens, pour faire à
cette vieille et hideuse créature un présent
de cette sorte, et dont la valeur n'est guère
moindre de trois mille livres? Et conçoit-on
que l'orgueil, plus puant que la peste, aille
se nicher dans l'âme d'une misérable, quand
les haillons qui la couvrent ne valent pas un
bajocho, et la pousse à rapporter ce présent,
qui la rendait riche pour toute sa vie? En
vérité, c'est inouï...

La fin de ce monologue fut prononcée à si
haute voix, qu'elle arracha le duc à ses douces rêveries. Il sonna. Rouvois se hâta de remettre le scudo dans sa poche, prit la cassette et courut vers son maître. — Avec qui
donc batailles-tu là depuis un quart-d'heure,
dit le duc avec humeur; au lieu d'empêcher qu'on ne vienne à cette heure troubler
mon repos, tu bavardes...

—Pardon, monseigneur, je renvoyais une

vieille femme qui voulait absolument vous
parler ; et comme je ne pouvais la faire partir, peut-être , dans ma vivacité , me suis-je
oublié jusqu'à parler trop haut.

Le duc fit peu d'attention à ce que disait
Rouvois ; celui-ci ajouta alors :— C'était la
servante de la place *Del-Pigne...*

— Et pourquoi l'as-tu congédiée? demanda le duc en se levant précipitamment.

— Monseigneur , si elle eût été porteuse
d'une lettre ou de quelque doux message de
la part de la signora Biondina, je ne l'aurais
certainement pas renvoyée si brusquement ;
mais la vieille mégère venait pour son propre
compte : elle me rapportait le scudo dont je
payai son mensonge la première fois que je
la vis, et en même temps la cassette que
vous lui avez donnée ce matin, « attendu ,
» dit-elle, et Rouvois appuya sur cette phrase,
» qu'elle ne se soucie pas plus des présents du
» maître que de l'argent du valet. »

Une vive rougeur couvrit le visage du duc ;
il eut honte d'avoir si mal placé un tel présent. Que ce fût par orgueil blessé, ou
dans l'excès de bonheur que lui avait causé
le mouvement tendre de Biondina , ce n'en

était pas moins une inconséquence, et il se
crut obligé d'en donner l'explication à son
fidèle serviteur. Il lui raconta tout, et l'adroit
valet, jaloux de'rentrer dans ses droits, saisit
cette occasion, d'autant plus favorable, que
l'amoureux duc, allégé par cette confidence,
ne mit plus de réserve avec lui.

— Monseigneur, dit Rouvois, quand il
eut écouté attentivement et après s'être permis de faire quelques questions, afin de bien
connaître toutes les circonstances, d'après
tout ce que vous m'avez fait la grâce de
me dire, je conclus que la belle Biondina
est un ange de corps et d'âme, ou un artifi-
cieux serpent de cœur et d'esprit; je serais
tenté de la croire un ange, si elle cachait
mieux son but, si même elle ne l'avait clairement révélé.

— Et quel but ? demanda le duc, inquiet.

— Il paraît qu'elle met à un prix infini la
faveur de répondre à votre amour, monseigneur; que lui offrirez-vous pour obtenir ce
retour ? Et que veut-elle de vous, si non que
vous payiez son cœur du don de votre main ?
Et non-seulement votre main, mais aussi

votre rang, car elle sait trop bien que le
noble duc de Nemours, l'un des plus brillants seigneurs des cours de France et de
Naples. ne passera point en Afrique, pour
aller là, après avoir tout sacrifié, mener avec
sa bien aimée une vie pastorale comme on
le voit dans les poésies. Elle est fière, dites-
vous ? raison de plus ! Croyez-moi, monseigneur, la véritable fierté d'une femme, même
quand son cœur ne serait point indifférent
aux hommages qu'on lui adresse, son véritable orgueil lui commande la réserve; si
elle était une ange, elle vous eût fermé sa
porte; mais elle vous reçoit, elle vous sourit,
vous donne sa main à baiser après une feinte
colère.... Allez, monseigneur, il y a plus de
ruse que d'honneur là-dessous....

— Rouvois! interrompit le duc, irrité, ne
calomnie point cette fille incomparable! tu ne
la connais point, tu ne peux la comprendre.

Rouvois s'inclina et se tut; mais il remarqua avec une maligne joie que la goutte de
poison qu'il avait exprimée dans la coupe de
bonheur de son maître, produisait son effet:
le duc était devenu rêveur; il avait déjà pensé
quelque chose de semblable. et cette idée,

qu'il avait écartée, se représenta à lui comme
un avertissement auquel la voix de la raison
prêtait encore son appui.

Mais à peine une nuit se fut-elle écoulée,
que sa passion se réveilla avec une force
nouvelle, et l'entraîna presque malgré lui
chez Biondina. En la voyant, en s'enivrant
de ses regards célestes, tous les soupçons,
toutes les pensées funestes s'évanouirent; il
ne vit plus que la douce et aimable fille, lut-
tant avec courage contre un sentiment trop
tendre, et la vertu appelée à être l'ange protecteur de son amour. Jadis une femme de
ce caractère lui eût bientôt causé plus d'éloignement que d'admiration, et aujourd'hui
ce mérite était justement le lien magique
qui l'attachait plus étroitement encore à
Biondina. De jour en jour leur union devint
plus intime; enfin, après quelques semaines
écoulées dans ce trouble ravissant et ces
tendres inquiétudes qui précèdent les aveux
de l'amour, le jeune duc, un soir qu'il la
pressait avec ardeur de répondre à sa tendresse, en arracha ce doux et timide aveu.
Au comble de ses vœux, Nemours, heureux et fier de la certitude d'être aimé, et

surtout d'avoir obtenu ce cœur par ses soins,
se livra à tout son bonheur, et de ce moment ne vécut plus que pour Biondina.

———

Cependant on ne tarda point à remarquer,
dans Naples, que le beau duc de Nemours,
cette idole des dames, qui ne manquait d'ordinaire aucune fête, dont la présence animait toutes les réunions, ne paraissait plus
nulle part ; on ne le voyait ni dans les lieux
publics, ni aux festins joyeux, ni même
dans le cercle de ses plus proches amis. Il
était facile à chacun de ceux qui le connais-
saient, de présumer qu'une aventure d'a-
mour retenait ainsi le beau chevalier loin
d'un monde dont il était l'ornement ; mais
quelle était la cause d'une telle retraite ?
Comme il importait fort à quelques belles
dames de la connaître, il fut bientôt entouré
d'espions, qui, guettant ses pas et ses démarches, découvrirent sans peine ses courses
fréquentes à la place *Del-Pigne*, et l'objet
qui l'y attirait. Dès lors, quand ses devoirs à
la cour du vice-roi l'obligeaient à y paraître,
il eut à supporter les railleries de ses amis

sur l'obscurité de ses amours, et les belles
dames espagnoles et napolitaines, qui naguère lui étaient si favorables, parurent tout
à coup saisies d'un profond dédain pour un
homme qui, oubliant la dignité de son rang,
s'était éloigné de leurs cercles brillants pour
mener une intrigue sérieuse avec une *fille de
rien*. D'abord le duc s'amusa de ces plaisanteries, et même de la colère dédaigneuse de
ces dames, colère qu'il lui eût été facile de
conjurer; mais avec le temps, cela même lui
devint fastidieux : il se retira plus que jamais
du monde, et consacra tout son temps à
Biondina.

Il y avait quelqu'un que ce nouveau genre
de vie affligeait peut-être plus vivement que
les belles dames de Naples ; c'était Rouvois,
à qui ce nouveau commerce ne rapportait
rien, puisque le duc n'employait point son
ministère, et qui, n'y gagnant que de l'ennui,
y perdait chaque jour un peu plus de son
influence sur son maître. La haine qu'il portait à la jeune fille qui contrariait si complétement ses intérêts, était plus vive que jamais, et elle le portait à jeter de temps en
temps une goutte de fiel, comme il le di-

sait, dans la coupe de joie de son maître. Il
avait aussi entouré la maison de Biondina de
surveillants, espérant toujours trouver dans
la conduite de la fille de la veuve quelques
raisons pour lui nuire dans l'esprit du duc.
En effet, au bout de quelque temps, il apprit que Biondina sortait souvent le soir accompagnée de la vieille. Aussitôt que le duc
de Nemours l'avait quittée, la porte de la
maison s'ouvrait avec précaution ; toutes
deux se glissaient dans les ténèbres jusqu'à
une voiture arrêtée dans une rue voisine, et
qui prenaît aussitôt le chemin de la place
San-Spirito. On n'avait pu la suivre plus loin ;
on assurait que la signora ne rentrait point
de toute la nuit.

Sur ces renseignements, le valet bâtit son
plan. Sans faire part au duc de ses soupçons,
ni de ce qu'il avait appris, car il craignait
une explication qui eût peut-être confondu
ses projets, il pria son maître, sur un prétexte assez plausible, de lui permettre de
passer quelques nuits hors de la maison. Le
duc y consentit. En conséquence Rouvois se
rendit vers dix heures du soir, heure à laquelle il savait que son maître quittait ordi-

nairement Biondina, à l'angle de la place
Del-Pigne, du côté de la rue qui conduisait à celle de *San-Spirito*. Il était accompagné de six de ses camarades, bien armés; il
les dispersa le long de la rue, dans les endroits les plus sombres; et lui-même, enve-
loppé d'un manteau, se mit en embuscade,
l'œil attentivement fixé sur la maison de la
signora. Il ne tarda pas à en voir sortir son
maître; mais à peine ce dernier se fut-il éloigné, suivi des quatre serviteurs armés qui
l'accompagnaient d'ordinaire, que Rouvois
crut entendre le bruit éloigné d'un carrosse,
qui s'arrêta à peu de distance de la place.
Bientôt la porte de la maison s'ouvrit de nouveau, la signora en sortit, et, suivie de sa
vieille conductrice, s'avança du côté de la
voiture. A cet instant, Rouvois, sûr de son
fait, courut en toute hâte avertir ses gens;
et lorsque la voiture roula devant eux, ils
s'élancèrent à la tête des chevaux, et Rouvois s'approcha de la portière, et pria la
dame, qu'il reconnut très-bien pour être
Biondina, de mettre pied à terre sur-le-
champ.

Mais il n'avait pas encore achevé ce com-

pliment peu courtois, qu'une troupe d'hommes armés, à cheval et à pied, accourût
et entoura la voiture. Un combat s'engagea entre ces derniers et les compagnons
de Rouvois. Obligés de céder au nombre,
ses gens prirent la fuite; et lui-même, grièvement blessé, fut abandonné sur le champ
de bataille. Pendant le tumulte, la voiture
avait continué sa route. Le malheureux Rouvois se repentait dans son cœur de son es-
capade, quand un de ceux du parti ennemi,
plus humain que ses propres compagnons,
revint auprès du blessé, et lui demanda où
il voulait être conduit. Rouvois lui désigna
sa demeure; cet homme, l'ayant aidé à se
placer sur son cheval, y monta pour le soutenir, en peu d'instants le déposa devant la
porte du palais du duc de Nemours, et le remit aux soins de ses camarades, qui venaient
d'y arriver.

On appela un médecin pour visiter ses
blessures; elles se trouvaient heureusement
peu dangereuses; et le lendemain il était
assez bien pour prier le duc, qui ne savait
rien de l'événement, de venir le voir. Ce
dernier ne fut pas peu surpris de trouver son

valet de chambre blessé, et pâle encore de son aventure.

— Ah! ah! maître Rouvois, lui dit-il en riant, tu as encore une fois voulu faire des tiennes; je t'avais pourtant bien averti que ta témérité pourrait te coûter cher. Mais si ces blessures ont été gagnées au service d'une belle, elles ne sont point sans quelques douceurs....

— Vous avez bien raison, monseigneur, répondit Rouvois, en faisant signe aux domestiques de s'éloigner; surtout quand on les doit à son zèle et à sa fidélité pour un bon maître!... Écoutez-moi, monseigneur, et cette fois croyez-en mes paroles.... On vous trompe. Cet ange au regard céleste, à la bouche de rose, est un diable plus noir que l'enfer!... d'autant plus dangereux, qu'il est assez beau pour séduire et conduire à sa perte le cœur le plus noble.... — Rouvois! s'écria le duc, hors de lui, es-tu en délire, as-tu perdu la raison?... — Je suis dans mon bon sens, répondit le blessé, et je dis la vérité. Écoutez-moi; et alors il raconta au duc tout ce qui s'était passé la veille, la sortie nocturne de Biondina, son effroi en le voyant lui, Rouvois, à la portière ; jusqu'au moment enfin, où, des hommes en armes accourant de tous côtés, avaient forcé ses gens à prendre la fuite, et l'avaient laissé à demi mort sur le lieu du combat.

Le duc était frappé d'épouvante et d'horreur à la pensée d'une aussi affreuse trahison.

— Il faut que je m'éclaire ! s'écria-t-il enfin en marchant à grands pas dans la chambre ; oui, dût-il m'en coûter, hélas ! tout mon bonheur ! il faut que je sache la vérité. J'y vais à l'instant même ; il est encore de bonne heure, peut-être n'est-elle point rentrée de sa course nocturne... et je veux la confondre, la perfide !... Il s'habilla à la hâte. — Mais, Rouvois, demanda-t-il tout à coup, as-tu bien vu ? n'as-tu pas confondu la maison, la porte, la personne ?... — Impossible, monseigneur, la pleine lune, comme vous savez, éclairait toute cette partie de la place ; je vous vis sortir de la maison ; vous jetâtes votre manteau du bras droit sur le bras gauche, vous vous en enveloppâtes, vous fîtes un signe à Bastien, qui s'approcha alors de vous avec François et les autres ; je n'ai pu me tromper.... Peu d'instants après votre

départ, la signora parut; la vieille mégère la
suivait, elle marchait d'un pas vif et déli-
béré; et quand au bout de la rue nous ar-
rêtâmes la voiture, je reconnus parfaitement
Biondina, malgré le voile qu'elle s'empressa
d'abaisser sur son visage.

— Tout cela serait-il possible! dit le duc
avec douleur; un être si charmant serait
si trompeur!...

— Monseigneur! interrompit Rouvois,
peut-être le ciel l'a-t-il créée tout exprès pour
venger tout son sexe des mille perfidies que
vous vous êtes permises envers tant d'innocentes....

— Paix! dit le duc avec impatience; et,
enfonçant son chapeau à larges bords sur ses
yeux, il sortit et se rendit à la place. *Del-Pigne.*

Biondina était déjà au travail; elle le traita
avec sa grâce accoutumée. Cet œil plein de
candeur peut-il mentir? pensa-t-il; et dans
sa préoccupation il oubliait de répondre à son
salut. — Qu'avez - vous?... demanda Biondina, après l'avoir regardé long-temps en silence; que vous est-il arrivé? vous paraissez
sérieux et presque sombre... On vous croi-
rait fâché contre moi.

— Vous le demandez ! répondit le duc avec amertume.

— Et pourquoi ne le ferais-je point? reprit-elle , dois-je rester indifférente quand votre cœur est troublé , quand quelque chose vous affecte?...

— Biondina, dit le duc , en fixant son regard pénétrant sur la jeune fille ; où êtes-vous allée hier soir après que je vous eus quittée ?

— Dans mon appartement, répondit-elle en souriant; je dis une courte prière devant mon lit, je m'endormis en pensant à vous, et je fis de doux songes jusqu'à ce que ma mère vînt m'éveiller ce matin. Mais où tend cette question ?

— Vous avez quitté hier soir votre demeure, reprit le duc , dont la voix tremblait de douleur et de colère , vous êtes montée dans une voiture, et, entourée d'hommes armés, avez été dans une maison de la place *San-Spirito,* d'où vous êtes revenue ce matin...

— J'étais chez moi! répondit Biondina avec calme.

— Jurez-le moi! s'écria le duc , jurez que vous venez de dire la vérité!..

— Je jure devant Dieu et tous les saints que
je dis la vérité! répondit Biondina d'un ton
solennel. Hier soir, quand vous m'eûtes quittée, je me retirai dans ma chambre à coucher, que je n'ai quittée que ce matin.

Mais à mon tour, permettez-moi de
vous adresser une question, dit-elle en
repoussant doucement le duc, qui, satisfait
de son serment, s'approchait d'elle pour se
réconcilier : d'où vous vient le droit de vous
porter mon juge et mon accusateur? Croyez-
vous que l'amour vous le donne?.. Je vous
aimais avant que vous ne me connussiez :
c'est pourquoi il m'était pénible de voir tant
de belles et brillantes qualités obscurcies
par la vie toute licencieuse à laquelle vous
vous livriez sans nulle retenue ; je vous atti-
rai vers moi, avec l'espoir, que quand vous
connaîtriez mon cœur, peut-être reprendriez-
vous pour mon sexe cette estime que vous
aviez perdue, parce que dans toutes vos aventures vous n'aviez point trouvé de femme
qui en effet la méritât. Tel fut mon but ; aussi,
quel que fût mon penchant, je sus le vaincre ;
l'obscure et pauvre Biondina savait qu'elle
ne pouvait aspirer à la main du noble duc de

Nemours, et vous me rendrez vous-même
cette justice, que jamais un vœu ambitieux
n'est sorti de mes lèvres. J'ai refusé vos présents, et, quel qu'eût été pour vous mon penchant ou mon amour, il ne m'a pas coûté la
moindre faiblesse. Rappelez-vous, noble duc,
que vous n'avez jamais obtenu de moi un baiser, ni la moindre faveur; qui vous autorise
donc à m'interroger en coupable? par quelle
faiblesse ai-je mérité vos injurieux soupçons?
par quelle action de sa vie Biondina a-t-elle
pu vous faire penser qu'elle fût capable d'oublier ainsi toutes convenances? Si j'étais aussi
éhontée que vous le supposez, dans quel but
aurais-je donc refusé votre or, et dédaigné
un amour dont les liens, formés par le plaisir, devaient se dénouer par un soupçon injurieux?...

Le duc demeurait muet et troublé devant
la belle fille courroucée. — Je mérite votre colère, dit-il enfin, tandis que l'orgueil blessé
brillait encore dans son regard; et pourtant,
je la conçois à peine. Vous ne m'avez donné
aucun droit, il est vrai; mais après l'aveu de
votre amour, vous n'avez pu empêcher que
votre conduite et vos démarches me soient

indifférentes. Peut-être suis-je allé trop loin
dans mes soupçons.. Peut-être!.. répéta-t-il,
en fronçant de nouveau le sourcil, mais à quoi
bon m'en tourmenter? vous m'avez juré que
je me trompais : eh bien, je vous crois, et
vous demande pardon, si cette erreur vous a
offensée. Mais que vous ayez par une vanité
cruelle cherché à séduire mon cœur, que
pour être le vengeur de votre sexe, vous vous
soyez jouée de mes sentiments les plus chers,
qu'après l'avoir attiré dans un piége adroit,
vous ayez regardé le duc de Nemours comme
un jeune écolier qu'il fallait arracher aux
voies de la perdition, et que, pour cette œuvre charitable, vous ayez employé le feu de
vos regards, la grâce décevante de votre sourire, et le charme entraînant de votre bouche
de syrène, en blessant mon cœur ; c'est ce
que ma fierté ne souffrira pas... Dans ce
cas, vos froids calculs suffiraient pour étein-
ma flamme, et vous vous seriez trop pressée,
ajouta-t-il avec un peu d'ironie, de célébrer
votre triomphe ; l'esclave n'est point encore
tout-à-fait enchaîné à votre char...

Biondina avait écouté ce discours avec
calme ; elle ne témoigna ni trouble, ni co-

18

lère — Je me suis trompée, dit-elle enfin, après un long silence ; elle posa sa main sur son cœur, et, après s'être légèrement inclinée vers le duc, elle s'assit et reprit son ouvrage.

Le duc restait debout, incertain de ce qu'il devait faire ; l'orgueil lui commandait de partir, mais un regard jeté sur la belle fille, dont les traits aimables étaient encore embellis par l'émotion douloureuse qu'elle s'efforçait de maîtriser, lui rendait la fuite impossible. Tout-à-coup, il crut voir une larme briller au bord de ses paupières ; à cette vue le le dépit, la fierté, la colère, s'évanouirent : —Biondina ! s'écria-t-il, d'une voix tendre et émue, vous allez me haïr !...

— Je ne vous hais point, noble duc, dit-elle, en lui tendant la main sans lever les yeux vers lui ; mais je me sens auprès de vous si troublée.... Vous m'avez fait mal,.. et la douleur ne se dissipe pas aussi vite que la joie.... C'est pourquoi, je vous prie, éloignez-vous ! Je ne dis point ceci en colère, ajouta-t-elle avec son plus charmant sourire ; mais, je vous en prie, afin que je puisse me rendre maîtresse de mon émotion....

— Biondina ! s'écria encore le duc, re-

pentant et saisissant sa main, qu'il pressa
avec passion sur ses lèvres.

— Laissez-moi! dit-elle, et son regard
s'attachait avec douceur et presque avec tendresse sur le sien ; laissez-moi, cédez à ma
prière ! Elle s'était levée en disant ces mots,
et inclinait doucement vers lui sa tête bou-
clée. Dans ce moment, le duc, plein d'amour,
ne put y résister plus long-temps ; il entoura
sa taille de ses deux bras, et voulut la serrer
sur son sein palpitant ; mais Biondina, s'arrachant subitement à cette douce étreinte, recula de quelques pas ; et, toute courroucée,
lui dit: — Non, point ainsi, duc de Nemours ;
maintenant je vous ordonne de me quitter....
Vous accumulez douleurs sur douleurs, outrages sur outrages!...

Le duc, surpris, et peut-être honteux du
non-succès de sa tentative, osait à peine,
dans le premier moment, lever les yeux
vers la belle offensée. Pourtant, quand il se
sentit un peu moins troublé, il se félicita
presque de la circonstance qui le tirait de
l'embarras du moment. — Si tel est votre désir, dit-il sans ressentiment, je vous obéis....
Mais qu'il me soit permis d'espérer que de-

main mon astre me sera plus favorable.
Adieu ! Biondina!..,

— Adieu ! murmura-t-elle !

————

Le jeune duc , encore agité de cette scène,
rentra chez lui ; mais il était trop généreux
pour laisser rien apercevoir de son dépit à
l'accusateur de Biondina; et il ne dit que
ces mots à Rouvois :— Tu t'es trompé ; la personne que tu as vue n'était point Biondina.
— C'était bien elle, sur ma foi! répéta le
blessé; mais son maître ne parut ou ne
voulut pas l'entendre.

Le reste du jour parut au soucieux Nemours d'une insupportable longueur. L'ennui l'accablait. Il monta à cheval, sortit
dans la campagne, visita ses amis, le tout
en vain. Il conjurait les heures de fuir ; et,
pendant la nuit, tourmenté de pensées et de
résolutions contraires, il invoquait en vain le
repos; mais le temps, insensible à son impatience, continuait sa marche uniforme,
et le sommeil fuyait devant les fantômes de
son imagination ; et ce fut seulement vers le
matin qu'il put s'endormir. Le soleil était levé

depuis long-temps quand il s'éveilla. Le jeune homme s'habilla en toute hâte, et courut chez Biondina; il était forcé de s'avouer qu'il ne pouvait sortir du cercle magique dans lequel il était entré; que même les orgueilleux mépris de la charmante fille ne pouvaient le bannir de sa présence. Le léger Français, réputé jusqu'alors invincible, déposait les armes aux pieds de la ravissante Napolitaine. Pendant le chemin, il fit mille plans pour obtenir son pardon. Résolu de tout sacrifier pour se rendre digne de son amour, rien ne lui serait trop pénible; tous les sacrifices lui paraîtraient légers; et il s'y soumettait avec joie. Plein de ces généreuses pensées, et le cœur animé d'une ardeur nouvelle, le duc atteignit la demeure de Biondina, monta l'escalier sans rencontrer personne, et ouvrit la porte avec empressement.

Devant la fenêtre, à la place accoutumée, et l'écharpe de pourpre dans les mains, était assise.... qui?... la vieille servante objet de l'aversion de Rouvois !

— Soyez le bien venu, monseigneur! dit-elle en allant à sa rencontre; en même temps sa main décharnée tira de son sein un petit billet proprement plié, et, le présentant au duc, stupéfait : —Tenez, dit-elle avec un affreux ricanement, voilà ce que la jeune signora m'a remis pour vous....

Le duc le lui arracha, le porta d'abord à ses lèvres sans songer au lieu d'où il sortait; puis, rompant précipitamment le cachet, lut ces paroles :

« Noble duc,

» La journée d'hier m'a prouvé que je m'étais trompée sur mon propre cœur comme sur le vôtre; le mien, trop craintif et trop tendre, redoute le combat que dans un fol orgueil il avait osé provoquer. Je quitte Naples avec ma mère; dans six semaines je serai de retour, et si je vous retrouve fidèle, je croirai alors que ma destinée est de vivre et peut-être de mourir pour vous... Je ne ferai point épier vos démarches, moi..., l'assurance de votre foi me suffira; car j'emporte avec moi la certitude que le noble duc de Nemours ne trompera jamais Biondina. »

— Femme ! dit le duc au désespoir, après

avoir lu ce billet, mille scudi sont à toi si tu
me dis où est allée Biondina ?

— Mille scudi ! c'est un joli prix, mais
qui ne peut pourtant pas m'arracher l'aveu
d'une chose que je ne sais pas, répondit-elle
avec l'accent du regret ; ce matin, le jour
luisait à peine, que les muletiers sont arrivés devant la maison, et j'ai appris seulement alors que mes maîtresses allaient faire
un voyage, mais où? je l'ignore ; seulement,
j'ai remarqué qu'elles ont pris le chemin que
j'ai coutume de suivre quand je vais faire
mes dévotions à *santa madona de gli Angeli.*

Le duc continuait à prodiguer les prières
et les présents, la vieille demeura muette ;
elle repoussa les unes et refusa les autres,
et le malheureux amant fut obligé de quitter
la maison sans obtenir le moindre rensei-
gnement.

Pendant une semaine il se renferma dans
l'intérieur de son palais, ne recevant personne, et tout entier livré à la douleur.
Rouvois était guéri de ses blessures ; ce nouveau genre de vie lui causa de vives alarmes,
bien qu'il fût résolu, depuis son aventure
nocturne, de laisser son maître se tirer com-

me il l'entendrait de cette intrigue ; pourtant,
croyant voir dans cette inquiétante réclusion
une condition imposée par Biondina , et un
nouvel artifice de sa part pour parvenir à ses
fins , il résolut de sauver son maître malgré
lui des pièges d'une coquette. Tous ses amis
furent avertis sous main , et prévenus par le
fidèle valet de l'état où se trouvait son esprit. Ils s'entendirent pour l'arracher à cette
vie sédentaire , qu'ils regardaient comme fatale à son bonheur. Par les soins de Rouvois,
les plus charmantes bouquetières de Naples
se trouvaient chaque jour sur son passage ,
se glissaient jusque dans son cabinet ; mais
leurs yeux noirs , leur sourire agaçant , de-
meuraient sans pouvoir. Enfin , un des plus
chers amis du duc , le jeune de Lignerolles,
parvint par ses instances et ses plaisanteries,
à l'entraîner à une petite fête qu'il donnait
dans sa maison à quelques amis. Le festin
dégénéra en orgie ; mais ces plaisirs, loin
de distraire Nemours, lui rendaient plus vif
et plus présent le souvenir des heures dé-
licieuses qu'il avait passées près de Biondina.
Contraint de rester dans le cercle de ses

amis, il s'isola de leur joie bruyante et repoussa toute séduction.

Cependant le but auquel la ruse de Rouvois et les efforts de ses amis n'avaient pu
parvenir, fut atteint par le hasard, qui conduisit un jour le jeune duc à la messe dans
l'église de *San-Filippo-di-Neri*. Une dame
voilée, dont la taille élégante attira son attention, était agenouillée à quelques pas de
lui. Sans le vouloir, sans le savoir peut-être,
il porta fréquemment les yeux de son côté,
mais il ne put entrevoir ses traits. Le lendemain, était-ce hasard ou volonté? il se
retrouva à la même heure, dans la même
église.

La dame voilée occupait la même place
que la veille ; mais cette fois, il l'examina
avec une curiosité qui n'était point sans intérêt : le voile court mais épais qui couvrait
son visage, ne dérobait rien de la richesse de
sa taille et de la grâce de ses mouvements.
Un gant, qu'elle ôta par hasard, laissa voir
un bras charmant, une main parfaite, dont
les doigts petits et arrondis, chargés de ba-
gues de prix, attestaient le haut rang de
celle qui les portait Cette vue excita singu-

lièrement la curiosité du jeune duc, qui ne
manqua point de se rendre le lendemain
dans l'église ; et quand il y arriva, la dame
s'y trouvait déjà. Cette fois, il résolut de
découvrir qui elle était, et lorsqu'elle sortit
de l'église il la suivit de loin, avec le projet
de l'accompagner jusqu'à sa demeure ; ils
étaient déjà parvenus au coin de *Pacca di
Napoli*, quand le duc rencontra deux de ses
amis qui, l'arrêtant sous un prétexte frivole,
lui firent perdre de vue, un seul instant, son
inconnue, et quand il fut libre elle avait
disparu.

Le jour suivant, il se rendit avec un empressement assez vif à *San-Filippo-di-Neri*.
Son imagination, pendant une nuit passée
presque sans sommeil, lui avait présenté la
dame voilée sous des traits ravissants, qui
unissaient la céleste expression de ceux de
Biondina l'imposante noblesse qui semblait
caractériser l'inconnue ; mais son espoir fut
déçu, car, au lieu de la dame de ses pensées, il ne trouva dans la chapelle que
la suivante qui l'accompagnait ordinairement.

Quelque contrarié qu'il fût de ce contre-

temps, il songea pourtant à profiter de l'occasion pour en venir à son but avec plus de
sûreté peut-être. Il se plaça non loin de la
camériste, et quand elle quitta l'église il la
suivit. Mais cette fois elle prit une autre
route ; elle sortit de la *Porta di Constantinapoli*,
et s'avança vers le faubourg *delle Virgine*.
Signora, lui dit alors le duc à demi-voix,
pardonnez mon impolitesse de vous aborder
ainsi dans la rue ; mais votre air aimable, et
la bonté qui respire dans tous vos traits, me
donnent l'espoir que le duc de Nemours
n'éprouvera pas de vous un refus ?

— Quoi ! seriez-vous en effet le duc de
Nemours ? dit la suivante avec une joyeuse
surprise et en s'inclinant respectueusement
devant lui ; je me trouve fort heureuse de le
connaître, et je n'aurais pas soupçonné sous
cet habit simple un jeune seigneur dont tout
Naples vante l'élégance et la courtoisie ; et il
ne sera point indifférent à ma noble dame
d'apprendre que l'aimable et pieux seigneur
que le hasard avait amené près d'elle à la
chapelle de *Santa-Lucia*, est ce duc si cé-
lèbre naguère par ses galanteries, dont aujourd'hui tous les fidèles admirent la piété,

etque toutes les femmes, piquées de ce changement, blâment avec tant d'amertume.
Toutefois, ma noble maîtresse n'appartient
point à ces dernières....

— Et quelle est la belle dame qui juge si
charitablement un pauvre pêcheur, demanda-
t-il à la vieille causeuse, et dont le duc de
Nemours est assez heureux pour avoir attiré
la compâtissante attention ?...

— Seigneur duc, je connais trop mon devoir pour découvrir, sans sa permission, un
secret de ma signora à un homme dont la
réputation est d'être l'ennemi le plus dangereux de note sexe : qu'il vous suffise d'apprendre que vous n'êtes point indifférent, et
n'espérez rien obtenir de moi de plus que cela.

— Et cette bague ne pourrait pas vous
rendre moins sévère ? dit le duc en lui passant au doigt un anneau assez riche.

— Je reçois le présent avec reconnaissance, monseigneur, dit la suivante avec
vivacité ; aussitôt que je serai auprès de
ma maîtresse, je lui raconterai tout, et
je lui demanderai la permission de vous
dire son nom et son rang; et par reconnaissance du souvenir de votre générosi-

té, je ferai tout mon possible pour qu'elle
consente à vous laisser voir sans voile son
beau et gracieux visage. Ce soir à dix heures
vous me trouverez sur la place *Mercato*, et
là je vous dirai sa réponse. Maintenant, je
vous prie de me quitter, il serait trop remarquable dans cette partie de la ville, de vous
voir à mes côtés.

Le duc, séduit par le mystérieux de cette
petite aventure, oublia ses bonnes résolutions, et promit de se rendre à l'heure indiquée; la cameriste ne faisait que de le quitter, et il reprenait le chemin de son palais,
quand la vieille servante de la place *Del-Pigne* se présenta inopinément à sa vue; en passant devant lui, elle laissa échapper ce ricanement satanique qui lui était familier, et
jeta sur lui cet oblique regard que les Napolitains appellent *jettura,* et dont ils compa-
rent l'effet à un coup de stylet.

Jamais un amant ne fut ramené au souvenir de sa maîtresse d'une manière moins
agréable que ne le fut le duc par l'apparition
de cette vieille, qui lui sembla le *memento
mori* de l'amour. Il revint chez lui de fort
mauvaise humeur; il s'enferma dans sa

chambre, dîna tout seul, rappela sa chère
Biondina à sa pensée, relut sa lettre, lui
jura fidélité, parcourant avec elle en idée les
bois et les champs; près d'elle sous le toit
d'une pauvre cabane, il oubliait la cour, le
monde, et ne vivait plus que pour Biondina.... Et pourtant, le soir, vers dix heures, il s'achemina vers la place du *Mer-*
cato !...

La cameriste l'attendait : — Seigneur duc,
dit-elle à celui-ci, qui s'avançait plein d'impatience vers elle, je ne puis vous donner
aujourd'hui grande consolation; le rang et
le nom de ma maîtresse doivent encore rester cachés, et moi, fidèle servante, je dois
obéir aux ordres qui me sont donnés. Mais
j'espère vaincre dans peu la répugnance de
ma dame à se faire connaître à vous. J'ai
déjà obtenu, à force de prières, qu'elle re-
tournerait à l'église de *San-Filippo*, où elle
ne voulait plus aller, depuis qu'elle a remarqué que vous l'aviez suivie; toutefois, à la
condition que vous donneriez votre parole
de chevalier, que non-seulement vous ne
chercherez point à la suivre, mais que vous
n'emploierez personne pour cela. Espérez!

mon bon seigneur, continua la suivante,
car je vous le dis en confidence, la dame est
à moitié vaincue, et l'amour ne tardera pas
à soulever le voile qui la couvre à vos yeux
impatients. Mais sur toutes choses, je vous
recommande de n'être point trop empressé
de jouir du bonheur qui vous attend ; laissez
faire le temps et l'amour, ils vous apprêtent
la plus douce récompense. Demain, à la
messe, vous trouverez la signora dans la chapelle de *Santa-Lucia*.

En effet, ainsi que l'avait annoncé la camériste, le matin suivant quand le duc se
rendit à l'église, il aperçut de loin la dame
voilée, agenouillée au pied de l'autel, et
plongée dans un profond recueillement; en
approchant, le jeune homme, déjà vivement
épris de l'inconnue, admirait sa belle taille
et la richesse de son vêtement; il se plaça
tout près d'elle, mais à ce moment la dame
se leva ; le duc allait en faire autant quand un
léger *restez* ! de sa conductrice, le fit demeu-
rer à sa place. La dame s'éloigna, mais le
duc fut bien payé de son obéissance, car un

gant parfumé était resté à l'endroit où l'inconnue s'était agenouillée ; il s'en empara,
et, joyeux de ce trésor, courut chez lui pour
en repaître ses yeux.

Arrivé là, il porta ce gage, sinon d'amour
au moins d'un intérêt très-tendre, à ses
lèvres ; il sentit alors que le gant contenait
quelque chose : il le retourna, c'était un anneau d'or. Y était-il resté en l'ôtant de la
main, ou la mystérieuse inconnue le lui
adressait-elle ? C'est ce que le duc n'osait
s'expliquer; et, dans le transport plein de
joie et de vanité qui l'animait, il ne put
s'empêcher de conter son bonheur à Rouvois.
L'intrigant valet y prit une part vive et sincère ; il voyait dans cette nouvelle intrigue
toute l'ancienne vie revenir, et avec elle les
plaisirs, les fêtes, les riches présents, etc.
Il excita de tout son pouvoir la vanité de son
maître. L'inconnue était sans doute une
illustre étrangère; une telle aventure était
digne du brillant duc de Nemours. Dans la
chaleur de son discours, il risqua même de
prononcer le nom de Biondina, qui, avec son
orgueil de prude, ne méritait pas, disait-il,
que pour ses beaux yeux on passât son temps

à Naples, d'une manière aussi ennuyeuse.
Mais à ce nom, le front du jeune duc se
rembrunit : la belle fille n'était point encore
hors de sa mémoire ni loin de son cœur.

Cependant, sans s'arrêter long-temps à
cette pensée, le jeune duc en revint bientôt
à l'objet qui l'occupait alors exclusivement. Il
se rangea même à l'opinion de Rouvois, relati-
vement à l'inconnue ; ce devait être en effet
une étrangère, car la dernière fois qu'il s'é-
tait trouvé près d'elle, il avait remarqué une
longue mêche de cheveux d'un blond charmant, sortant de dessous son voile, et rou-
lant en gracieux anneaux sur sa poitrine.
Pour s'en assurer mieux, le jour suivant,
ne trouvant que la camériste à la messe, il
la pria d'obtenir de sa maîtresse une de ces
boucles soyeuses, comme un gage de sa faveur envers lui : ce vœu ne tarda point à
être exaucé. Le lendemain, la plus belle
boucle de cheveux blonds, doux et brillants,
enveloppée dans un papier de soie, tomba
inaperçue à ses côtés ; il s'en saisit, la porta
à la dérobée sur ses lèvres, et la dame voilée, qui parut avoir remarqué ce mouvement,
le remercia par une gracieuse inclination de

tête qui mit l'amoureux duc au comble de la
joie.

Quelques semaines se passèrent ainsi :
chaque matin, il voyait la charmante inconnue , et le voile qui continuait à cacher son
visage, l'offrait plus belle à son imagination
que les traits les plus réguliers n'eussent pu la
lui montrer. Il commençait pourtant à éprouver un vif et impérieux désir d'écarter ce voile
importun ; mais son impatience s'arrêtait devant l'autel de *Santa-Lucia*, et sa parole
donnée l'empêchait de faire aucune démarche pour connaître celle qui enflammait si
vivement ses désirs.

Vers cette époque, Rouvois, qui ne pouvait vivre sans se mêler d'intrigues, se rendit,
à l'insu de son maître, dans l'église *San-
Filippo ;* il chercha la chapelle, et ne tarda
point à découvrir son maître aux côtés d'une
femme d'une belle et noble apparence, que
son voile baissé et de longues boucles de
cheveux blonds lui firent bientôt reconnaître
pour la dame en question. Sans la perdre de
vue , il s'éloigna de la vue de son maître , et
se plaça sous le portail, afin de guetter la
sortie de l'inconnue. Quand celle-ci quitta

l'église, Rouvois la suivit le long des rues,
et fut un peu surpris en lui voyant prendre
le chemin de la place *Del-Pigne*. Il aperce-
vait déjà dans l'éloignement la maison de la
veuve, et le vendeur de macaronis, qui, tout
occupé de la cuisson de sa marchandise, ne
le voyait point, ce dont il était fort aise,
quand tout-à-coup la vieille servante, qui
sortait en ce moment de la place, vint droit
à lui. Il voulait éviter cette fâcheuse rencontre, mais elle le retint avec force par son
manteau, en criant à haute voix : — Eh !
dites donc, signor valet du duc de Nemours,
vous passez bien fier !... Attendez donc ! j'ai
une commission pour vous. A ce nom, la camériste de la dame inconnue se retourna, et
le marchand d'oranges, dont Rouvois avait
naguère subi l'incommode babil, sortit de sa
boutique pour le saluer. — Prenez donc ceci, lui dit la vieille à demi-voix, en le retenant toujours, et lui remettant un petit paquet, c'est quelque chose de fort important,
que ma jeune maîtresse envoie à votre maître ;
j'irai demain soir en chercher la réponse.

Tandis qu'elle parlait, Rouvois n'avait pas
perdu de vue la dame inconnue. Il la vit

entrer dans une rue adjacente ; et, avant qu'il
eût pu se débarrasser des mains de la vieille
et des sottes salutations du marchand d'o-
ranges, elle avait disparu à ses regards : il
s'arracha avec violence à leurs importunités,
et se précipita sur les traces de la dame
voilée ; mais ce fut en vain qu'il parcourut la
rue et toutes celles qui en étaient voisines,
il ne la revit plus.

Le jour suivant ne fut pas favorable au
duc ; il ne trouva point sa belle inconnue à
la messe, et la suivante, qui l'attendait au
bas de l'église, lui fit des reproches amers
de la part de sa maîtresse, pour avoir, disait-
elle, faussé sa parole et fait épier ses démarches par son valet de chambre. Le duc,
que la tournure que prenait cette aventure
commençait à fatiguer, répondit avec un
peu d'humeur, tout en jurant pourtant qu'il
était innocent de ce dont on l'accusait ; cependant il saisit cette occasion pour se plaindre à la suivante de la longue épreuve que sa
maîtresse lui faisait subir : — Nous ne sommes plus au temps de Rachel et Lia, dit-il,
et pour une espérance éloignée et sans fin,
on ne trouve plus de chevaliers servants.

La matrone le menaça du doigt, et lui dit qu'elle croyait son bonheur si proche, qu'il se repentirait bientôt de son injustice. Mais le duc était tout-à-fait décidé ; il déclara à la camériste que si sa dame ne consentait pas à lui donner l'occasion de la voir sans ce voile maudit, il ne pourrait s'empêcher de concevoir quelques soupçons injurieux à sa beauté. Ces paroles parurent faire réfléchir la suivante, qui assigna de nouveau l'heure de dix heures et la place du *Mercato* pour donner la réponse de sa maîtresse.

Rouvois trouva son maître de fort mauvaise humeur ; il en reçut une vive réprimande, pour s'être permis de suivre son inconnue ; et il eût été bien plus irrité s'il avait connu le message que Rouvois avait reçu pour lui la veille, s'il eût su que le matin même cet officieux valet avait assez rudement renvoyé la vieille servante de Biondina, qui en venait quérir la réponse. Car Rouvois avait gardé le silence sur tout ceci, craignant avec raison que la lettre de Biondina ne ranimât un tendre souvenir prêt à s'éteindre dans l'âme du jeune duc.

Le soir vint. A l'heure indiquée, Nemours

se rendit au *Mercato ;* cette fois, la réponse qu'apportait la cámériste était plus satisfaisante. Après avoir éprouvé, disait-elle, de la part de sa dame beaucoup de résistance, et même de reproches, elle avait enfin obtenu que le lendemain au soir, à la même heure, elle introduirait le duc en sa présence. — Je vous attendrai ici, ajouta-t-elle, confiez-vous à moi, comme ma maîtresse se confie à votre honneur et à votre discrétion !

Le duc, cette fois, rentra chez lui plein de joie et d'espérance ; aussi Rouvois, auquel il communiqua l'une et l'autre, y applaudit-il de tout cœur, et comme son maître lui paraissait tellement occupé des charmes de la dame, et de tout le plaisir qu'il attendait de son entrevue prochaine, il crut pouvoir sans crainte lui remettre le paquet de Biondina.

La foudre tombée devant lui n'aurait pas plus violemment ému le duc que ne le fit la vue de cette lettre. Long-temps il la tint dans ses mains, sans prononcer une parole, sans chercher à l'ouvrir. Enfin, tout tremblant, il rompit le cachet ; toutefois, avant de déployer le papier, il éleva son regard vers le

ciel, comme pour chercher parmi les astres
celle qui lui avait été si chère, et un douloureux sourire, expression d'un secret, mais
amer repentir, contracta ses lèvres.

Mais qui pourrait décrire son émotion
lorsqu'en ouvrant la lettre, l'image de Biondina, belle, souriante et pure comme il
l'avait vue si souvent dans les jours de son
bonheur, s'offrit à ses regards !... A cette
vue, pénétré de regrets et de mélancolie, son
cœur se gonfla, et une larme, la première
peut-être que lui eût arrachée un véritable
amour, vint mouiller ses yeux....

— Et je pourrais t'oublier! s'écria-t-il, fille
angélique! amie fidèle, dont la céleste innocence égale la beauté! Je pourrais t'oublier
pour une ombre, un fantôme! auquel mon
imagination en délire prête des charmes
imaginaires, que les tiens surpassent cent
fois en réalité! Ah! ingrat!...

Il ne pouvait détacher ses yeux de cette
peinture, qui semblait lui reprocher d'un air
si doux son manque de foi. Enfin, il reprit
la lettre et lut.

« Noble duc ,

» Je compte les jours de l'absence! oh
» qu'ils s'écoulent lentement ! Cependant,
» l'instant approche où je vous reverrai, et
» mon cœur est troublé... Une angoisse inex-
» primable me saisit à la pensée.... Ah! si vous
» pouviez m'oublier! trahir votre foi ! j'en
» mourrais de douleur ! Oui, ce que ma
» bouche avait faiblement balbutié, je le
» confie au papier! Je vous aime, duc de Ne-
» mours !.. Je vous aime plus que je ne le
» croyais moi-même; pardonnez à mes ter-
» reurs , je vous envoie mon image ; puissent
» ces traits que vous aimiez à contempler ,
» rappeler Biondina à votre souvenir, à votre
» cœur ! et puissent ces lèvres, qu'à ma prière
» le peintre a légèrement entr'ouvertes, vous
» sembler dire : *N'oubliez point Biondina!...*»

—Non, sur mon honneur! s'écria tout-à-
coup le duc , je ne t'oublierai point, fille
incomparable ! Un véritable amour remplit
pour toi mon cœur, tout le reste n'est qu'illusion! Laisse-moi seul, Rouvois! continua-t-il
en s'adressant au valet, stupéfait de la tournure qu'avait prise toute cette affaire. Laisse-

moi! te dis-je! je veux penser à mon bonheur,
et je me maudirais presque, ajouta-t-il, en
jetant sur le serviteur un regard courroucé,
d'avoir eu la faiblesse, étant aimé d'une
telle femme, de prêter l'oreille aux conseils
d'hommes indignes d'apprécier un être si
charmant!

Le duc passa la journée du lendemain solitaire et préoccupé. Rouvois osait à peine
l'approcher. Quand la nuit fut venue, et que
l'heure convenue pour le rendez-vous de la
dame mystérieuse fut arrivé, Rouvois se
décida pourtant à rappeler à son maître
qu'on l'attendait sur la place du *Mercato.*

— Vas-y à ma place dit le duc, contrarié.

— Monseigneur, oserai-je vous faire observer que ce serait agir contre le devoir d'un
chevalier et contre tous les usages de la galanterie, que de laisser une dame attendre,
après en avoir obtenu un rendez-vous, et
avoir tant fait pour lui persuader qu'on
tenait cette faveur pour précieuse!...

Le duc réfléchit un instant. — Tu as raison,
dit-il tout-à-coup, ce serait, en effet, contre
toute convenance et indigne d'un chevalier
de la cour du roi de France. J'irai donc;

mais il me reste un moyen de me tirer de
ce mauvais pas sans compromettre ni mon
honneur, ni mon amour. Aussitôt il se rendit au *Mercato*. La camériste l'attendait depuis assez long-temps. — Pour un aussi galant cavalier, dit-elle avec un peu d'aigreur,
vous vous faites bien attendre, seigneur duc!
Ensuite elle le conduisit vers un carrosse arrêté
près de là. Je craignais, dit-elle encore, que
votre empressement ne se fût subitement cal-
mé au moment de voir de vos yeux un trésor
de beauté incomparable ; car le Sud n'a pas
vu fleurir une rose plus resplendissante que
cette fleur du Nord, égale à tout ce qu'il y
a de beau sur la terre. Armez bien votre
cœur! Je le crois solidement cuirassé, pensa
le duc. Il monta avec la camériste dans la
voiture, qui commença à faire de longs cir-
cuits dans la ville, de manière à dérouter le
duc sur le quartier où l'on se rendait; enfin
elle s'arrêta dans une petite rue, devant une
porte basse, que la camériste ouvrit avec précaution. Suivez-moi, dit-elle tout bas au
duc, mais gardez le silence !

— Avant d'aller plus loin, dit le duc, il
faut que je vous fasse une demande; c'est une

prière que je voudrais adresser à la dame inconnue, avant que d'être admis en sa présence.

— Parlez! dit sa conductrice.

— C'est de me recevoir le visage voilé
comme elle l'a fait jusqu'ici.

— Cette prière vous sera sûrement accor-
dée, répondit la vieille, d'un ton un peu
moqueur. Suivez moi seulement!

Ils traversèrent le jardin; la camériste ouvrit la porte d'un petit bâtiment; tous deux
montèrent un escalier tournant qui les conduisit dans une petite chambre, faiblement
éclairée par une seule lampe.

— Attendez-moi ici! dit alors la camériste;
elle s'éloigna, et laissa le duc réfléchir tout
à son aise sur la singularité de sa situation ;
il commençait à se lasser de tout ce mystère,
sa curiosité trop long-temps excitée, au
moment d'être satisfaite, se trouvait amor-
tie : à toutes ses pensées se mêlait celle de
Biondina, et cette pensée le rendait im-
patient de voir se terminer une aventure qui
commençait à lui devenir fastidieuse. La
camériste ne le laissa pas attendre trop long-
temps :

— Ma maîtresse , dit-elle en rentrant, consent à votre étrange prière ; le voile cachera son gracieux visage aussi long-temps que vous le désirerez ; maintenant venez , car elle vous attend ! Le duc la suivit. En sortant de la chambre , ils se trouvèrent dans un long corridor , au bout duquel était une porte à deux battants, qui, s'étant ouverte, laissa voir une longue suite d'appartements éclairés et richement décorés. Le duc et son guide les traversèrent sans que personne vînt à leur rencontre ; un profond silence régnait dans ces appartements somptueux, et, comme dans les contes de fées, on les eût crus habités par des génies invisibles. Au fond d'un magnifique salon , on voyait une draperie d'une riche étoffe. A l'approche du duc, elle roula sur des anneaux et laissa voir dans l'étroite enceinte d'un cabinet , décoré avec tout ce que le luxe qui régnait alors en Italie pouvait réunir de goût et d'élégance la dame mystérieuse, assise sur une manière de trône. Un long vêtement de soie doublé de velours pourpre faisait valoir les formes voluptueuses de son corps. l'un de ses bras était orné d'un riche bracelet formé de pierres précieuses,

un rang de grosses perles entourait l'autre.
Une chaîne d'or, composée de larges anneaux
délicatement travaillés, serpentait autour de
son cou, éblouissant de blancheur, et un
pied, petit et gracieux à merveille, paraissait entre le coussin de velours qui le sup-
portait et le bas de sa robe richement brodée
d'or. Un voile couvrait son visage.

— Noble dame, dit le duc en s'approchant
du trône avec respect, vous voyez un homme
couvert de confusion. Le hasard me conduisit près de vous à l'église *San-Filippo-di-Neri;*
l'élégance de votre taille, la grâce de votre
maintien, attirèrent mon attention, et m'ins-
pirèrent le désir bien naturel de vous connaître. J'allais y joindre d'autres espérances;
vaincue par mes instances, votre bonté a
daigné consentir à m'admettre en votre présence, et il faut que je vous avoue, à ma
honte, que je n'étais point digne de cette
faveur; c'est pourquoi je vous ai prié de me
recevoir avec ce voile que j'avais téméraire-
ment tenté de soulever. Apprenez que j'aime
une jeune fille; pauvre, mais belle comme
un être céleste; si mes yeux peuvent être
distraits, son image est vivante dans mon

cœur, et Biondina est, et sera toujours l'u-
nique dame de mes pensées. Pour me punir
d'un égarement passager, je renonce, et dai-
gnez me le pardonner, je renonce au plaisir
de contempler une beauté que je crois mer-
veilleuse; vous me demeurerez à jamais inconnue, mais du moins, j'espère que vous
ne retirerez pas entièrement votre estime à
celui qui sait s'imposer un tel sacrifice.

Seigneur duc, dit la camériste, tandis que
la dame, dont l'émotion était visible, gardait
un profond silence, il faut que votre amour
pour cette Biondina ne soit pas bien solide,
puisque vous craignez pour votre fidélité la
vue de la beauté de ma maîtresse.

— Non, sur mon honneur! s'écria le duc
avec vivacité, c'est par respect pour madame,
et non par crainte pour mon cœur que j'ai
fait cette demande.

— Eh bien, dit encore la camériste, levez
donc votre voile, noble dame! Le voile s'é-
carta, et le céleste visage de Biondina souriant, rougissant à la fois, apparut aux yeux
de Nemours..... Plein d'effroi, de ravissement, et comme charmé par une apparition magique, le jeune duc restait immobile.

Est-ce une illusion ? se dit-il avec crainte, et
mes sens me trompent-ils ? Il se précipita
aux pieds de la charmante fille. — Biondina !
ma Biondina! est-ce toi, est-ce bien ta main
que je touche, que je presse sur mon cœur
repentant et plein d'amour?

Oui, c'est elle, dit la charmante dame,
en se penchant vers lui avec ce sourire ravissant qui annonce le bonheur; elle le releva, et le premier baiser fut cueilli sur ses
lèvres roses et virginales. Ici l'artiste doit
jeter le pinceau, car qui peut peindre avec
des couleurs assez brillantes les joies inef-
fables d'un premier et véritable amour!...

Quand cette délicieuse émotion fut un peu
calmée, le duc dit à sa charmante amie :
— Maintenant, dis-moi donc, enchanteresse,
qui tu es, et qui je dois croire de Biondina,
ou de la noble inconnue?... Es-tu une fée,
qui, dans tout l'éclat d'un printemps immor-
tel, parcourt la terre, et daigne favoriser de
ses dons un seul mortel? Es-tu...?

— Écoute, répondit-elle avec un doux
sourire, et ne te fâche point.

Je suis la fille d'un noble Sicilien, le comte
de Mazara était mon père; deux ans se sont

écoulés depuis que le marquis de Montana
me conduisit à l'autel: j'avais seize ans; je
n'aimais point le marquis, mais j'obéis à mon
père. Le jour de mon mariage je me prome-
nais avec mon époux dans la partie la plus
solitaire du jardin de notre palais à Palerme,
quand des bandits, soudoyés par une femme
dont le marquis avait trompé l'espérance,
fondirent sur lui et l'égorgèrent à mes côtés:
je devins veuve le premier jour de mes noces.
Je me retirai aussitôt dans un couvent pour
y passer l'année de mon deuil; mon père
mourut à cette époque; il ne me resta qu'un
oncle, sous la protection duquel je vins à
Naples habiter le palais de mon époux, car
il m'avait assuré toute sa fortune, et tandis
que mon oncle s'occupait d'arranger toutes
mes affaires d'intérêt, j'y vivais fort retirée.

Je te vis, par hasard ! épargne-moi de te
dire tout ce que j'éprouvai d'émotion à ton
aspect. Je parlai de toi à mon oncle et j'appris..... Dispense-moi aussi de te répéter ce
qu'il me dit pour me détourner de mon projet, mais rien ne m'effraya, et ce que Biondina te dit un jour, était la vérité : je voulus te prouver que les femmes méritaient

l'estime de votre sexe. Je voulais gagner ton
amour, mais l'obtenir par moi seule; ce
n'était pas l'opulente marquise de Montana
qui voulait être aimée de toi, mais la simple,
la chaste et tendre fille. Mon oncle, à qui
je communiquai mon dessein, consentit à
tout. La veuve de la place *Del-Pigne* fut
facilement gagnée; sa fille, à peu près de
ma taille, mais, ainsi que te l'a dit ton valet
de chambre, fort laide de visage, fut éloignée,
et la tentative faite le jour de la procession
dans le but d'attirer ton attention réussit
complétement. La vieille et adroite servante
de la veuve, ayant remarqué que le lendemain ton valet venait aux informations,
m'en avertit; quelques scudi gagnèrent les
voisins, et ton valet dut croire que le bruit
de ma laideur était une ruse de mon in-
vention. Ce fut ainsi que je vivais pendant
le jour dans cette maison, où tu ne tardas
point à paraître; mais chaque soir je retour-
nais au palais: ce que je faisais avec d'autant plus de sécurité que les gens de mon
oncle m'accompagnaient et que je n'étais
connue de personne dans Naples.

L'attaque de Rouvois un certain soir, ta

conduite le lendemain, et surtout un regard
jeté dans mon faible cœur, me contraignirent
à changer de plan. Je voulus t'éprouver de
loin. Le hasard nous réunit dans l'église
San-Filippo : je profitai de l'occasion ; une
camériste adroite et zélée conduisit toute
l'intrigue ; elle me fit passer pour étrangère.
De fausses boucles blondes, montrées à dessein, te confirmèrent dans cette opinion ;
mais comme je commençais à craindre, continua-t-elle plus gravement, qu'une certaine
dame voilée ne devînt une trop dangereuse
rivale, je te fis remettre mon portrait. et
bien m'en prit, car.. c'est à lui que je dois
mon bonheur ;..... elle se tut. Nemours
pressa la charmante créature sur son cœur.
— Biondina, s'écria-t-il avec passion, comment pourrai-je payer un tel amour ?...

— Tu le demandes? dit-elle ; comment
l'amour paie-t-il l'amour, si ce n'est par la
fidélité ?...

Maintenant allons trouver mon oncle.

FIN.